世界名家经典短篇小说丛书

丛书主编 冯道如

特雷佩姑娘

[德] 保罗·海泽 等 著
高瑀晗 等 译

江苏凤凰文艺出版社
JIANGSU PHOENIX LITERATURE AND
ART PUBLISHING, LTD

图书在版编目(CIP)数据

特雷佩姑娘 /(德)海泽等著;高瑀晗等译. —南京:江苏凤凰文艺出版社,2015
(世界经典短篇小说丛书. 第3辑)
ISBN 978-7-5399-8505-3

Ⅰ.①特… Ⅱ.①海…②高… Ⅲ.①短篇小说-小说集-德国-现代 Ⅳ.①I516.45

中国版本图书馆 CIP 数据核字(2015)第 148901 号

书　　　名	特雷佩姑娘
著　　　者	(德)海泽 等
译　　　者	高瑀晗 等
责 任 编 辑	黄孝阳　聂　斌
出 版 发 行	凤凰出版传媒股份有限公司 江苏凤凰文艺出版社
出版社地址	南京市中央路 165 号,邮编:210009
出版社网址	http://www.jswenyi.com
经　　　销	凤凰出版传媒股份有限公司
印　　　刷	江苏凤凰通达印刷有限公司
开　　　本	652×960 毫米　1/16
印　　　张	12
字　　　数	170 千字
版　　　次	2015 年 8 月第 1 版　2015 年 8 月第 1 次印刷
标 准 书 号	ISBN 978-7-5399-8505-3
定　　　价	30.00 元

(江苏文艺版图书凡印刷、装订错误可随时向承印厂调换)

目录 | Contents

特雷佩姑娘   001
［德］保罗·海泽
高瑀晗 译

比纳斯科城堡   035
［意］狄奥达塔·萨鲁佐·洛埃罗
费思嘉 译

闹鬼的屋子   067
［英］弗吉尼亚·伍尔夫
翟国欣 译

品　质   071
［英］约翰·高尔斯华绥
黄园园 译

热爱生命 081
［美］杰克·伦敦
万敏琦 译

手推车 101
［日］芥川龙之介
徐晓淑 译

青　春 107
［英］约瑟夫·康拉德
黄园园 译

珍珠项链 141
［俄］尼古拉·谢苗诺维奇·列斯科夫
侯昌丽 译

小姑娘 159
［英］曼斯菲尔德
翟国欣 译

最后一片常春藤叶 165
［美］欧·亨利
刘 洋 译

风雪沦落人 173
［美］史蒂芬·克莱恩
党 娣 译

伤 痕 181
［日］小林多喜二
商 倩 译

特雷佩姑娘

［德］保罗·海泽

高珵晗 译

在托斯卡纳与教皇国①北部地区之间，从亚平宁山脉延伸出的高原上，有一个偏僻的牧人村落，名为特雷佩。自下而上通往村落的小径全都逼仄难行，车辆无法行驶。邮车与马车都只能费时费力地向南绕一个大圈，才能翻过山脉。在过去，只有必须和此处牧人做交易的农民才会来特雷佩，偶尔地，也有画家或不愿走公路的步行者到访。到了夜晚，就只有赶着驮队的走私者才会来这个荒凉的小村落歇歇脚，而他们所走的也几乎都是人迹罕至又分外崎岖的泥路。

眼下将至十月中旬，这个月份的高原夜晚还是十分明朗。然而今天，在经过了烈日曝晒之后，山谷中升腾起细薄的雾气，缓慢地在雄伟而光秃的山崖上铺撒开来，此时大约晚上九点。散居的低矮石屋中，闪烁着微弱的火光。白天，只有老妇与幼小的孩子们守在屋内。此时，牧人与他的家人都围着炉灶睡着了，炉灶上吊着几口大锅，连狗也在炉灰中伸展开了四肢。只有无心睡眠的祖母独自坐在一堆兽皮上，手中机械地来回穿插纺锤，口中喃喃祷告着，间或摇晃下在婴儿床中哭闹的婴儿。夜晚的凉风穿过墙壁上巴掌大的小孔带来了潮湿的

---

① 位于亚平宁半岛中部，是由罗马教皇统治的世俗领地，也是一个早已不复存在的国家。

秋的气息。快要燃尽的炉火冒出烟来，慢腾腾地把雾气逼回房中，在小屋角落处漂浮着。这对老妇来说已司空见惯了，然后她眯缝着眼睛，也进入了梦乡。

只有一所房子中还有动静。如其他石屋一样，它也仅有一层。然而它所用的石料似乎分外好些，房门更宽更高，并且在四角形的屋子旁边，又加盖了许多简易棚屋，扩建了几个储藏室，马厩，以及一个砌得很结实的炉子。屋门前站了几匹驮着货物的马，一个小伙子挪走了已经被吃空的食槽，此时六七个全副武装的男人推门走入外面的薄雾中，匆忙唤起他们的马匹。只有一条躺在门边的老狗，在他们启程时轻轻摇晃了下尾巴。随后，它笨拙地起身，慢慢走入石屋内室，此时屋内的炉火正燃得热烈。炉边站着它的女主人，她面朝着炉火，手臂垂在臀侧，结实的身体一动不动。直到老狗用舌头轻轻舔着她的手，她才如梦初醒般的回转过身子。"福克！"她唤着，"我可怜的老东西，快去睡觉吧！你一定是病了。"老狗摇动着尾巴以示感激，并发出呜呜的叫声。随后它蹒跚着爬回炉畔的一张旧兽皮上，呜呜地低声呻吟着躺下，伸展开四肢。

与此同时又走进来几个伙计。他们纷纷围坐在大桌旁，端起了方才走私客们留下的碗。一个老女仆从大锅里为伙计们舀了玉米粥，自己也一块儿坐在桌旁，拿起汤匙吃了起来。所有人都一声不响地吃着。炉膛里的柴火劈啪作响，一旁的老狗自梦中发出沙哑而低沉的呻吟。表情严肃的姑娘坐在炉台边的石板上，老女仆特意给她盛了一小碗玉米粥，可她一口也不动，只静静地坐着，目光落在厅堂的四周，一副神思不属的模样。屋门前的雾愈发密实，现在看来已形如一面白墙。而在这当口，一轮弦月正从山崖背后升了起来。

突然，路上像是响起了马蹄声与人的脚步声。"皮特罗！"年轻的女主人用平静的提醒的声音唤道。一个高个儿小伙子应声从桌旁快速站起身，消失在雾中。

此时外头纷乱的脚步声与说话声越来越近了，那马终于停在了屋前。又过了一会儿，三个男人出现在门口，互相打了个招呼便进了屋子。皮特罗凑到姑娘身侧，她正心不在焉地看着炉火。"那是两个博莱塔的伙计，"他对她说，"没带货。他们准备送一位先生到山那边去，这位先生的护照出了问题。"

"妮娜！"姑娘喊道。老女仆站起身，走到她的面前。

"他们不光想要吃的，姑娘。"小伙子继续说着，"他们想知道，这位先生能不能在此留宿一晚？他想至少在破晓之后再走。"

"去外面小屋给他铺张草垫子。"小姑娘吩咐着。皮特罗点点头，重新回到了桌子旁。

三个外来客也坐下了，伙计们对他们并没有特别留意。他们中有两人是走私客，只见他们全副武装，胡乱披着衣物，帽檐压得很低。他们对大伙儿点头致意着，仿佛已经是老熟人了。接着他们把好位子让给了那位被护送的先生，在胸前画了个十字，随即便大吃起来。

那位跟着来的先生并不动筷。他把覆盖在高额头上的帽子拿下来，用手理了理头发，眼睛四下打量着处所与环境。他看到，墙壁上有用炭笔涂写的格言，屋子角落里还奉着一张圣母像，像前燃着小灯，再旁边是一群鸡，正缩在长木条上睡觉。此外，从房顶上还吊着一串串用麻绳穿好的老玉米，还有一块摆放着各种水杯与粗陶罐子的木板，以及堆放得层层叠叠的兽皮与篮子。终于，他不安的目光停在了炉畔姑娘的身上。炉火的红光摇曳，勾勒出姑娘严肃而姣好的深色侧影，由黑色发辫绾成的发髻低低地垂在后颈处。她把双手交叠于一膝，另一只脚则踏在房屋的石板地上。他甚至无法揣测出她的年龄，但他从她的举止能看出，她是这房子的女主人。

"您这儿有酒吗，小姐？"最终他问道。他的话甫一出口，姑娘便受惊似的猛然跳起来，笔直地站立在炉旁，两条手臂支在台子上以维持平衡。这一下把那老狗也吵醒了，它气喘吁吁地从胸腔里发出野性的咕哝声。陌生人这才发现，有四只闪着光的眼睛在注视自己。

"我可不可以问一下，您这里有酒吗，小姐？"他重复了一遍问题。然而在他最后一个字还没来得及出口时，那狗就已处于一种令人费解的狂怒状态中，狂吠着冲向他。狗猛地将他的斗篷从肩膀上撕下来，在它第二次要扑上来时，它的女主人严厉地喝止了它。

"回来，福克！回来！安静，安静！"那狗退回到屋子中间，猛烈地摇动着尾巴，目不转睛地盯着那外来客。"皮特罗！把它关进笼子里去！"姑娘低声吩咐道。她依旧挺直了身子站在炉旁，发现皮特罗略有踌躇，便重复了一遍她的指令。因为已经很多年了，入夜之后炉畔的位置就一直是那条老狗的。伙计们互相耳语着，见那狗很不情愿地被牵走了，屋外还一直传来它可怖的嗥叫与呜咽，直至它似乎精疲力尽，才渐渐平息。

此时老女仆也因姑娘的示意把酒拿来了。陌生人一边自饮着，也将酒杯递给另外两个护送他的人，一边暗自思忖，自己怎么如此莫名其妙地引起了这番骚动。伙计们一个接一个地放下了汤匙，口中对姑娘道着"晚安"，便走了出去。现下就只剩下了三个外来客与女主人，以及那老女仆。

"太阳四点才能升起。"一名走私客压低了嗓子对那陌生人说，"即使要准时赶到皮斯托亚，您也不需要起来太早。再说，我们的马匹也需要站立满六个小时，才好接着赶路。"

"那太好了，我的朋友。你们也快去睡吧！"

"我们会准时叫醒您的，先生。"

"那自然好，"那陌生人答道，"尽管圣母知道，我极少能连续睡六个小时的觉。晚安，卡罗那！晚安，朱瑟佩师傅！"

两人恭敬地提了提帽子，便离开了。其中一人驱步走向炉畔的姑娘，说道："来自博洛尼亚的古斯坦佐让我向您问好，小姐。他想知道上周六是否在您这里遗落了一把小刀。"

"没有。"姑娘简短且不耐烦地答道。

"那就是了！我就说嘛，要是在您这儿，您肯定要送还给他的。而且——"

"妮娜！"她骤然打断他，"把去小屋的路指给他们，要是他们忘记了的话。"

老女仆站起身。"我只想再说一句，小姐。"那走私客紧张地咽了下口水,挤了挤眼睛,"如果您愿意为这位先生提供比我们更舒适的床铺的话,他是不会吝惜钱的。这就是我要说的了,小姐。愿圣母保佑您一夜安宁,翡宁翠小姐。"

说完他便走向了他的同伴。他们对角落的圣母像弯腰行礼,在胸前画了个十字,随即跟着老女仆走了。"晚安,妮娜!"姑娘喊道。已行至门口的女仆转过身来,做了个表示疑问的手势,旋即顺从地关上了大门。

这下屋里就只有两个人了,翡宁翠飞快地抓过炉旁的黄铜灯台,匆忙点上。炉火式微,灯台上的三朵红色小火苗仅能照亮宽大房屋的一个小角。那个陌生人似乎被黑暗催了眠,他趴在桌前,头枕在胳膊上,斗篷紧紧地裹在身上,仿佛他就准备这样捱上一夜似的。忽然,陌生人听到了有人在叫自己的名字。他抬起头来,灯就摆在他面前的桌子上,对面坐着那位姑娘。他意识到,是她在叫他。姑娘的目光遇上他的,霎时像是生出了无限的威力。

"费里波,"她道,"你已不再认得我了吗?"

他用探询的目光长久地注视着她美丽的脸庞。她的脸绝不仅仅是因着那摇曳灯火而显出了红晕,更多的是期待他的答复而产生了紧张情绪。这张面庞多么值得回忆!她长而柔软的睫毛微微颤动如蝶翼,这使线条严肃的额头与修长的鼻子略略和缓。她的红唇说明了她玫瑰色的青春年华,只有在她保持沉默时,才显出绝望、痛苦与野性,正与她黑色的双眸相符。就像现在,当她站在桌前,举止中就散发着略显青涩的魔力,尤其是她美丽的后颈与脖子,更是迷人。尽管如此,费里波仔细思索了一下,还是说:

"我确实不认识您,小姐!"

"这不可能。"她的语调深长,带着绝对的把握,"您曾经有整整七年的时间来记住我。这么长的时间,足够把一个人的模样牢牢地刻进心里。"

这样的怪言怪语似乎彻底打消了他的疑虑。"是啊,小姑娘。"他道,"如果有谁在七年中什么都不做,光是用来熟记一个美貌少女的容颜的话，那他最后肯定可以出口成诵啦。"

"没错，"她略带思索地说，"您那时也说过，除了想我，您什么事儿也懒得想。"

"七年前？那时我还是个玩世不恭的人啊。您难道把那都当真了？"

她十分认真地点了三下头："为什么不应该当真？我之后的经历告诉我，您当初所言都是对的。"

"孩子，"他卸下严肃面容，神情和蔼地说道，"实在很抱歉。七年前我还以为所有女人都心知肚明，男人的甜言蜜语充其量只是游戏筹码，只有在极其偶尔的情况下，在双方做明确交易时，能够换得金灿灿的钱财。七年前我所想的全是你们女人！而现在，说实话，我极少会想到你们了。可爱的姑娘，男人总有更重要的事要做。"

她沉默着，仿佛一点没听懂似的，只是静静地等待着，直到他说出一些真正涉及她的事情来。

"哦，我现在才渐渐想起来。"他沉吟了一下，"我曾经路过这座山的这一地段。我好像又认识这村庄与这房子了，要不是因为这雾！是了，是了！就是七年前，当时医生让我来这山里走走，我就傻瓜似的跑遍了所有最险最偏的小道。"

"我就知道，"她道，这时她的红唇似乎因喜悦而闪耀着动人的光泽。"我就知道您一定不会忘记的。就连那狗，福克，它也没有忘记您，没有忘记那时对您的怨怼。还有我，我也没有忘记——我那旧日的爱情。"

她带着巨大的喜悦与坚定说出这席话。他仰望着她，表情越来越惊异。"我现在记起了一个姑娘，"他说，"我是在亚平宁高原上和她相遇的，她带我去了她父母的家。要不是她，我就必须得在危岩上度过一晚了。那时我爱她——"

"是的！"她打断他的回忆，"非常爱！"

"可那个姑娘不爱我。我曾经与她有过一次长谈，她却惜字如金，十分不愿多谈。我临了想吻吻她倔强阴郁的小嘴儿，以唤醒她沉睡的热情。我注视着她,她却突然从我一侧跳开,一手拿着一块石头,我当时差点没被砸死。如果你就是那个姑娘,你又怎能说服我你曾对我有情?"

"那时我只有十五岁啊,费里波。爱情让我感觉如此羞耻。我一直是那样倔强又孤独,从不知道该怎样吐露心迹。那时我的父母还在世,这您也知道。我的父亲有很多牧人与牧群,还有这家小酒馆。从那之后情况也没有多大改变。唯一不同的是他不再管理这儿也不再骂骂咧咧了——他的灵魂已升入天堂!在我母亲面前我常感觉羞耻。您应该还记得,那时您也是坐在这个位置,不住口地夸赞我们运自皮斯托亚的酒好。更多的我也没听到,我母亲盯我盯得严极了,我只有跑出去,躲在窗子后偷偷地看您。那时的您更年轻,很实诚,但现在的您更加英俊。您的双眸一如当年迷人,您可以凭借它得到您想要得到的任何人。还有您低沉的声线,那狗听到后依然嫉妒地吠叫!可怜的畜生!直至今日我只爱它。可它也清楚,我更爱您!它比您还要明白我对您的爱。"

"不错,"他道,"整个晚上它像是疯了。真是一个奇妙的夜晚!你依旧令我如此心折,翡宁翠。那时我知道,如果你不愿重回屋子里,我心中便再无安宁,于是我起身出去寻你。我看到你的白头巾一晃而逝,之后便没了踪迹。你一定是跑进了马厩旁的小屋里。"

"那是我的睡房,费里波。那儿可不欢迎您进去。"

"可我想进。我知道当时我在外面站了多久,敲着门苦苦哀求你。那时的我真是个坏小子!我当时想着,要是再见不到你,我的脑袋就要爆炸了。"

"脑袋?不,是心。这是您当时说的。我仍然字字句句清楚地记得!您说过的全部!"

"可你当时却假装什么都没听见。"

"我当时难受得要死!我站在屋子最里面的角落里,想着,如果我能鼓足勇气,悄悄附在门后,把嘴巴靠近缝隙处,这样去感受一下您说话时的气息!"

"好一对痴情的年轻人！要不是你母亲走来，我还会一直在门外站着，说不定你会开门。现在想想真是害臊，当时我气急败坏地回去，做了一夜关于你的梦。"

"我坐在黑暗里守候着，"她说，"天快亮我才补了一觉。当我猛然惊醒时日头早已升得老高了。您去了哪里？没有人告诉我答案，我更无法问。那段日子我见了谁都烦，就好像是他们把您给藏起来了，所以我们才不复相见。我坐立难安，在山上到处寻找您。有时我会大声呼喊您的名字，有时我又忍不住诅咒您。我发现除了您我再也难以爱上其他任何人。最后我跑下山去，可我害怕了，又跑回来。我失踪了两天，父亲责打了我，母亲也不愿同我讲话。他们什么都知道了，知道我为什么会跑下山。只有那只狗还一直跟着我，福克。然而当我在孤寂中呼唤您的名字时，它也会冲着我狂吠。"

一阵静寂，两人的目光却突然交汇。费里波开口道："你父母去世多久了？"

"三年了。他们在一周之内相继离世。他们的灵魂永归天堂！那之后我去了佛罗伦萨。"

"去了佛罗伦萨？"

"是的。您说过，您来自那里。我住在圣米纳托教堂外头的咖啡馆，是几个走私客介绍我去的。我在那里住了一个月，我天天请人去城里打听您的下落，到了晚上我也独自进城找您。到底我们打听到了些许，可您早就搬走了，没人知道您搬去了哪里。"

费里波站起身来，在房中大步踱来踱去。翡宁翠的目光追随着他，却没流露出丝毫如他一般的不安情绪。终于，他走到她面前，注视了她一会儿，道："你现在告诉我这些又有什么意义呢？姑娘？"

"我用了七年的时间鼓足勇气来向您表露心迹。啊，如果我当初告诉您我的爱，那我也不会如今天这般不幸了。我怯懦的心！但我知道，您一定会再来。尽管我没想到会经历这么长时间，这使我度日如年。这样说是挺孩子气的，常言道，逝川与流光，飘忽不相待。事情都过去这么久了，再提它做什么呢？可费里波，你还是来了呀！我在这儿,和你一起,直到永远!永远!"

"亲爱的姑娘!"他柔声说着,欲言又止。她站在他面前,并没有感觉到他的犹豫与沉默,而是越过他的额头对着后面的墙壁出神。她继续静静地诉说着,仿佛她已经把这些话憋在心中很久很久,她像是已经想象了数千遍:他会来的,她要将这些话原原本本地向他诉说。

"我从佛罗伦萨回来后,有不少人向我提过亲,可我只想要你。当别人向我示好对我说那些甜言蜜语时,我就想起了你的声音,想起那个夜晚,你站在屋外向我说着比这更美妙的情话。所有的话都像是从月亮上飘来的,那么美。过了这么些年,人家也不来缠着我了,尽管我还不老,还和过去一样漂亮。好像他们都知道,我在等您,而您一定会来。"接着又说:

"您现在想带我去哪儿?你想不想以后留在这里?不行,这儿不适合你。自从我去了佛罗伦萨,我就知道,山上的生活是多么可悲。我们可以把这房子和畜群卖掉,这样我就有钱了。这里人的粗野我也受够啦。到了佛罗伦萨你得教教我,城市小姑娘都需要什么。我学东西可快得惊人!我以前没那么多时间,而且所有的梦都指示我,你还会来这里找我。——为此我曾特地去问过一个女巫,她说一切都会实现的。"

"假如我已经有妻子了呢?"

她不可置信地睁大了眼睛。"你是在试探我,对吗,费里波!你没有妻子。这一点女巫已经告诉我了。可她也不知道你住在哪儿。"

"她说得对,翡宁翠,我是没有妻子。可你们怎么能知道我何时想要结婚?"

"你能说你不想娶我了?"姑娘带着绝对的自信反问道。

"来,坐在我旁边,翡宁翠!我有很多话要对你说。给我你的手,向我承诺,你愿意听我把话讲完,我可怜的朋友!"而她却完全没在听。他的心跳得咚咚响,眼神悲伤地注视着她。她一会儿把眼睛闭上,一会儿又瞅着地面,像是在思考什么关乎命运的事。

"我几年前就被迫逃离佛罗伦萨了。"他解释道,"你是知道的,那时佛罗伦萨正在闹政治暴乱，局势动荡。我是一名律师，认识不少人，一年里要收发很多很多信。而且我生性不羁，崇尚言论自由，因此便被当局憎恶，尽管我从没参加过什么秘密行动。最后，为了逃避那没完没了又毫无根据的审讯，甚至可能被投入监狱，我只好远逃。我逃去了博洛尼亚，开始离群索居的生活。我的审判还在进行，平时见很少的人，更少有女人。知道吗，我已不再是那个你七年前心有所系的优秀的毛头小伙子了。在我身上，不再有关于他的蛛丝马迹。只除了这个头脑，或者还有你所愿听到的这颗心，在遇到棘手的事时仍是会爆炸！到了今天，我所谓的障碍已经不再是某个漂亮姑娘闺房的门闩。你也许听说了，最近博洛尼亚的局势也十分不稳定，很多有头有脸的人物都被拘捕了，其中有一个我的朋友。他素日的行为与秉性我是早就熟知的，我很清楚，他根本不会参与这种事。他只是觉得，一个差劲的政府如何让原本就糟糕的局势好转呢，这不啻于把一匹狼放入一群病羊中。简单来说，我的朋友请求我作为他的律师，助他重新获得自由。这件事刚传出去，一天我在大街上就撞到了一个人，这人对我百般辱骂。我根本无法摆脱此人，便当胸给了他一拳，我想着反正他醉醺醺的，说什么都没用。终于我挤开人群，前脚刚进了一家咖啡馆，后脚就追来了那个醉汉的亲戚，这人倒没喝酒，可他满嘴不干不净，大声质问我，为什么不能有话好好说，而是像个下三滥一样和人动手。我尽量温和地作答。其实我早已看清，这全是政府的把戏，想把我无声无息地解决掉。一句话，我的敌人还是得逞了。那人假称要去托斯卡纳，硬要拉我去决斗。我同意了，也到了向那群头脑发热的人证明自己的时候了。我并非因为勇气不足，而是因为所有阴谋活动都那样使人无望，所以才对这处于极大优势地位的国家权势如此隐忍克制。然而我前天去申请护照时被拒绝了，他们倨傲地连个理由都不说，只说这是当局的指示。我很清楚，他们是想让我要么承受爽约决斗带来的耻辱，要么就试着乔装打扮穿越边界，然后半路埋伏逮捕我。这样他们就有借口来审判我，只要对他们有利，他们可以把案子长期拖下去。"

"真卑鄙！这帮亵渎神灵的家伙！"姑娘骤然打断他的话，愤怒地握紧了拳头。

"我实在没办法，只好在波雷塔泰尔雇了那两个走私客。我们明天一早就能赶到皮斯托亚。决斗定在下午，就在城外的一处花园。"

她突然用双手紧紧抓住了他的手。"别去，费里波，"她说，"他们想杀了你。"

"没错，姑娘，他们就是为了这个。可你是怎么知道的？"

"我用这里看到的！还有这里！"她指着自己的额头与心口。

"你也快成女巫了！"他展开了一个微笑，"好了，姑娘，他们是想杀了我。我的对手是托斯卡纳的神枪手。派出这么厉害的人物，也算是瞧得起我啦。所以呐，我也不想丢人现眼。谁知道事情会不会如实进行呢？谁知道？或者你有什么机关妙术，来算一卦？没办法了啊，姑娘，事已至此，就坦然接受吧！"

"而你，必须打消你的心思。"他沉吟了一下，继续说，"忘记你那愚蠢的旧情吧！也许我再次来到这个地方，是冥冥之中上天的指引，在我死之前，助你挣脱你自己的、以及你那不幸的忠诚带来的束缚，可怜的姑娘。你也见到了，我们彼此也许真的不合适。你爱的是另一个费里波，一个年少轻狂，爱招蜂引蝶，不识愁滋味的毛头小伙子。你又怎么能想象和现在这个思维怪异、离群索居的人重新开始呢？"

他来回地踱着，半是自言自语地说出了这番话。他走到姑娘面前，想要握住她的手，可她此时的神色却让他惊恐。她脸上的温柔表情消失殆尽，嘴唇也变得毫无血色。"你不爱我！"她缓慢而低声地说，仿佛发声的另有其人，她只是静静听着，想要弄明白，这话究竟是什么意思。随后，她大叫一声，嫌恶地推开他的手，差点把灯撞灭。外面先是传来一阵狗愤怒的挣扎声，随即它大声狂吠起来。"你不爱我！不！不！"她几近疯狂地叫着，"你宁愿去死，也不愿接受我，是吗？你在七年后回来，就是为了向我道别？你怎能在谈到死亡时这样轻描淡写，难道你不知道这同时意味着我的死亡？果真如此的话，我这双眼睛还不如瞎了，免得见到你。我也宁可失聪，以免听到你这些让我生不如死的无情的话语。要是早知道你是来摧毁我心的，为什么不让那狗撕碎你？为什么你不干脆葬身悬崖？痛啊，真是痛彻心扉！看看我的痛楚吧，圣母！"

她跪跌在那张圣母像前，额头贴在地上，双手前伸，仿佛是在祷告。费里波听着狗的骚动声，其间交杂着这不幸姑娘的低语与呻吟。此时皓月当空，月光把屋子照得透亮。男人抓住这个空当，想要再解释一下。突然姑娘扑上来搂住他的脖子，双唇凑到他面前，早已泪如雨下。"别去送死，费里波！"她双臂因啜泣而颤抖，"你要是留在我这里，就没人找得到你。想说什么就让他们说去！那帮卑鄙的刽子手，阴险的怪胎，简直比亚平宁上的狼还要凶残！是的！"她说着，泪眼迷蒙地望着他，"你留下，圣母将你送回我身边，就是为了让我拯救你。费里波，我不知道我刚刚都说了什么混账话，但我能感觉到，从那极度抽搐的破碎的心中流露出的，一定都是些气话。原谅我吧。如果谁可以把这爱全忘掉，肆意践踏这忠诚，那他就该下地狱。现在我们都坐下来，好好商量。你想要所新房子吗？我们可以去建。如果你不喜欢其他人，我们可以遣散他们，妮娜和那狗也都打发走。要是你还担心会被出卖，那我们干脆搬走，就今天，现在，我认识山上所有的路，在太阳出来之前我们就能够到达谷底。之后接着往北走，走啊，走啊，一直走到热内亚，走到威尼斯。你想去哪儿，我们就去哪儿。"

"够了！"他严厉地说，"这种想法简直太蠢了。你不可能成为我的妻子，翡宁翠。即使明天他们没杀死我，我也活不了多久。因为我知道，我已经是他们的眼中钉肉中刺，非除掉不可。"说罢，他温柔而又决绝地将她的手臂放了下来。

"看，姑娘，"他接着说道，"现在已经够不幸的了。我们不要再做这样不明智的打算，让情况更糟。也许，将来听闻我的死讯时，你已经结婚了，还有了一群可爱的孩子。你看着他们，会庆幸这个晚上那死鬼足够理智，尽管在初次见面时你比他强得多。好啦，放我去睡吧，你也该休息了，我们明天不要再见了。我在路上听那两个走私客说你名声很好，要是明天临走我们再来个拥抱，对你名誉有损。对吧，姑娘？好了，晚安，晚安！翡宁翠！"

说罢他真诚地伸出手去，可姑娘毫不理睬。她苍白得如一缕月魂，微蹙的眉尖与低垂的睫毛显得愈发阴郁。"为了七年前的那个夜晚我太理智，我所受的惩罚还不够吗？"她低声道，"你现在又要用这该死的理智来让我不幸，并且是永远的不幸？不，不，不！我再也不会放开你。如果这次让你离开，去送死，我将会被所有人诟病！"

"你没听清我的意愿吗？"他不耐烦地打断她，"我现在要睡觉了，姑娘，一个人睡！你干吗要在这里胡言乱语来让自己更虚弱呢？你感觉不到吗，是我想要的荣誉，把我从你身边抢走的，我们根本不可能。我可不是你怀里的布娃娃，能让你随意爱抚戏弄。我已经说清楚了我要走的路，这条路不适合两个人一起走。告诉我，我在哪块兽皮上过夜？好啦，就让我们彼此相忘吧！"

"就算你驱打我，我也不会走的！就算死神拦在你我之间，我也会用尽全力将你拉过来。无论生死，你都是我的，费里波！"

"住口！"费里波大吼一声。他的额头骤然变得通红，他两手用力推开她。"住口！到此为止！难道我是个物件，任谁愿意要，谁看了喜欢，就可以夺走？我是一个人，谁想要我，也得我愿意给才行。你为我牵挂了七年，难道你就有权利在第八个年头让我自己都鄙夷自己吗？如果你是想博得我的好感，那你彻底选错了方法。七年前我爱你，因为你还不是现在这个样子。当时你要是直接用胳膊环住我的脖子，想要强行夺取我的心，也许我会像今天这样拒绝你呢。其实你我之间唯一留存的只是同情，我突然才意识到，那根本不是爱。我再问最后一遍，去外头小屋怎么走？"

他如此冷酷而刻薄地说完这番话，便又陷入了沉默，看得出来，这种腔调使他很不好受。随后他无话，心中十分奇怪她竟如此平静，亏他刚刚还那么担心。他原以为她的反应会很激烈，那他就可以去好言抚慰。她漠然地从旁走过，推开远离火炉的沉重木门，一言不发地指了指门上的铁插销，旋即退回至炉旁。

他走进那扇门，插上插销。他又在门后偷偷站了一会儿，听着姑娘的举动。可房中没有任何动静。除了狗叫，马蹄刨地声，以及野外刮散雾气的风声，四周便再没有声响。此刻月光如练，费里波拔下窗洞边的大丛石南，光亮便透进来，照亮了他的小屋。他这才发现，自己正身处翡宁翠的闺房。靠墙放的是一张窄而整洁的床，旁边搁着一个没锁的床头柜，一张小桌，一个矮凳。满墙贴着圣人像与圣母像，门边是一幅耶稣受难图，下方放着一个小圣水壶。

他坐在硬邦邦的床铺上，内心波涛汹涌。好几次他抬起脚想往外走，去告诉翡宁翠，自己之所以这样做，是为了治好她。然后他跺跺脚，对自己这么妇人之仁很不满。"没办法啊。"他自言自语道，"只有这样做，罪恶与不幸才不会发展下去。七年了，可怜的姑娘！"桌上搁着一把镶着很多小金属块的梳子，他机械地拿起它。他又想起了姑娘浓密的发辫，发辫下骄傲的脖颈，蜷着几缕发的高贵额头，以及她红褐色的脸颊。最后，他把这个诱惑人的物件扔进柜子里，里面整齐地放着姑娘干净的衣裙，头巾，以及一些小首饰。他缓缓地关上柜门，走到窗洞前，向外望去。

这小屋处于主屋背后，特雷佩没有其他房子能够挡住他的视线，他可以远眺整个沟壑纵横的高原。对面，在山谷背后，矗立着一块沐浴于月光中的裸露的巨岩。这说明月亮正升到了房子的上方。小屋旁边有一条向下延伸的小径，串起了路旁那些零落的木屋。一株被遗弃的小云杉伸展着光秃秃的枝杈，扎根于岩石缝中。除此之外就只有覆在地上的野草，和一两丛乱长的荆棘。"这个地方，"他暗自道，"果然是让人很难忘怀所爱啊。我简直要改主意了！是啊，是啊！说到底，她应该就是我命中的女子。比起华服、玩乐，以及与漂亮男子耳鬓厮磨，她更爱我。要是我从旅途中突然带这么个漂亮姑娘回去，我的老马该会怎样大吃一惊！我根本不需要变更住处，那些荒凉的角落本来就够阴森森的了。像我这样一个郁郁寡欢的人，要是时常有姑娘甜美的笑声相伴，也不是坏事。哦不，愚蠢！愚蠢啊！费里波！你难道想让那个可怜的姑娘在博洛尼亚成为寡妇么?不,不!绝不可以!不要再增加新的罪孽了!我要提前一小时叫醒那两个伙计,在特雷佩还寂静无人时就出发。"

他刚想要离开了那孔窗洞,躺到床上舒展一下奔波劳累的四肢,就看到从屋子阴影里走出一个姑娘,一直走到月光下。那姑娘头也不回,但他还是认出来了,那正是翡宁翠。她沿着通往峡谷的小路越走越远,迈着坚定的大步子。霎时,他起了一身的鸡皮疙瘩,一个可怕的猜测瞬间袭上心头:她莫不是想要自寻短见吧。他下意识地快速冲到门前,疯狂地想要拽开那个铁插销。可那生了锈的铁插销卡得死死的,他用尽了全身力气也没能打开。冷汗爬满额头,他大喊着,对着那门拳打脚踢,结果还是没用。最终他放弃了,又冲向窗洞。终于,窗洞在他愤怒的晃动下掉落了一块石头。而与此同时他看到姑娘的身影又出现在了小路上,正朝屋子走来。她手里拿着一样东西,在昏暗的光线下分辨不出那到底是什么。他只能看清她的脸庞,带着严肃而沉思的表情,并不激动。翡宁翠没有向他的窗口望上一眼,重又没入阴影中。

他站在原地,惊魂甫定地大口喘着粗气。突然他听到了一阵巨大的声响,显然是那老狗发出的,可根本不是普通的狗吠或呻吟。他不知到底发生了什么,这个谜团使他愈发心神不宁,毛骨悚然。他把头尽可能地伸出窗洞,可他除了夜间安静的群山外什么都没看见。猛地,那狗发出了一声短促而凄厉的嚎叫,接着又是一声令人心惊胆战的哀嚎,之后,无论他怎么竖起耳朵仔细听,整个夜晚都再无一丝声息。期间只有前面主屋的房门响了一下,翡宁翠从石板上走了过去。

他久久地站在那被销住的门后,先是附耳偷听,后来开口询问,只求姑娘能开口说哪怕一个字也好。然而门后依然静寂。没办法,他只能躺到床上,像发烧似的,睁着眼睛暗自思忖。直至凌晨一点,月亮逐渐沉落,疲倦才打败了他纷乱的思绪,他睡着了。

等他迷迷糊糊醒来时,四周仿佛已到黄昏。等他完全恢复清醒,从床上起来,就意识到屋内的微光绝不是太阳初升的样子。此时从一侧的墙上透进些许微弱的光线,又停了一会儿他才发现,昨晚还敞着的墙洞,已被人用杂草全部填上了。他把草薅出来,耀目的晨光差点闪瞎他的眼。此时费里波几乎出离愤怒了,不光是因为俩伙计没叫他,他自己又睡得太沉,更是因为他觉得,这一切都是那姑娘耍的诡计。他立刻走向房门,这回插销很容易就拔开了,他接着走向隔壁屋子。

只见翡宁翠独自安静地坐在炉畔,像是等他很久了。她的脸上没有丝毫昨日狂躁的痕迹,在他阴郁目光的注视下,她连一点哀伤的情绪与勉力克制的模样都没有。

"我今天睡过头,是不是你一手策划的?"他语气不善地质问道。

"没错。"她漠然地答道,"你昨晚也累了,再说你们不用起那么早也能及时赶到皮斯托亚,您下午才和那帮刽子手碰头呢。"

"我累不累关你什么事?你为什么一直这么纠缠不清?这不能博得我的欢心,姑娘。我的伙计们在哪儿?"

"他们早走啦。"

"走了?别哄我了。他们到底在哪儿?唉,他们好像真走了,我还没付钱呢!"说着他快步走向门口,准备出去。

翡宁翠坐在原地,一动不动,语调波澜不惊地说:"我已经付过钱了。我告诉他们,你需要休息。等您醒来我会亲自相送。反正我这里的酒也快卖光了,我得去一个距离皮斯托亚一小时路程的地方进点货。"

费里波一时气结,说不出话来。"不!"他终于迸出一句话,"我不用你送,永远也不要!你这条阴险的毒蛇!如果你现在还认为你那美丽的毒蛇皮还能迷惑我的话,那就太可笑了!现在你我是彻底决裂了。我鄙视你,因为你认为我是个愚蠢又可怜的低能儿,你还妄想用那些拙劣的小伎俩赢得我的心。我不用你带路!给我派一个伙计来。还有这,这是你之前付给走私客的钱,还你!"

他把钱包甩给她,随后推开门,准备自己去找个下山的向导。"别白费劲儿啦,"她说,"你一个伙计也找不到,他们都进山了。特雷佩现在一个能做向导的也没有,全是些老弱病孺,他们还自顾不暇呢。你要是不信我的话,就自己去找好了。"

"再说,"她看着他背对着自己,又气又恼,进退维谷的样子,继续说,"您为什么不愿意我为您带路?似乎您觉得这其中有诈?我昨晚做了几个梦,从梦里我知道,您不会是我的丈夫。说实话,我现在对您还是蛮有好感,想和您交个朋友,多聊一会儿。难道我会一直缠着您吗?您是自由的,随时都可以离开,去您想去的任何地方,是死是活都与我无关。我之所以这样布置,只不过是想再送您一程罢了。我向您发誓,如果这样您能放心。我仅仅送一小段路,绝不跟您去皮斯托亚。只是想送您平安下山。因为要是您自己走,一会儿就会迷路,到时候才真是进退维谷。上次来时出的状况您肯定没忘吧。"

"该死!"费里波嘟囔着,咬了咬嘴唇。他看到日头已经升得老高了,于是仔细思索,自己到底在担心什么呢?他只是不愿承认那个使他最顾虑的事罢了。他转过身去,观察着翡宁翠的神情,他从她沉静无波的大眼睛中得到了证明:她的话丝毫没有掺假。和昨天相比,现在的她看起来判若两人。这让他惊讶之余也感到了一丝不满,他不得不承认,她遭受的情感打击与激烈痛楚一夜之间便消失无踪了。他长久地注视着她,可她表现得完全无懈可击。

"如果你已经足够理智了,"他干巴巴地说,"那最好不过。出发吧!"

她站起来,没有表现出一点特殊的喜悦之情,说:"我们先吃饭,路上几个小时我们什么吃的都找不到。"她为他端来一碗饭与一壶酒,然后独自在炉边吃了饭,她滴酒不沾。他为了尽快结束这餐饭,便猛吃了几口,将那壶酒一饮而尽,用炉子里的炭火点燃一支雪茄。此时他一眼也没看那姑娘,等他站得近了,不经意间才看到她两颊有团很奇怪的红晕,眼中像是闪烁着胜利的光芒。她猛地站起身,抓起那个酒壶,用力摔在石板上砸了个粉碎。"你的嘴唇碰过它以后,没人可以再用它喝酒!"她说。

费里波很吃惊,同时疑惑起来:"难道她在酒里下了毒?"随即他打消了这种猜测,也许她是因为爱心未泯,所以要让自己放弃得更决绝些。他没有再说一句话,走出了大门。

"他们把马牵回波雷塔泰尔了,"在院子里,她看到他像是在寻找什么,解释道,"一大早您骑马骑得太疲惫的话会有危险。现在路比昨天更陡了。"

她走在他前面,一会儿就把那些毫无生气的屋子甩在背后,一根根没有烟的烟囱竖立在毒日头底下。直到现在,费里波才第一次在一片明净的天空下看清整个壮阔庄严的荒野。道路在宽阔的山背上向南延伸,远远望去,坚硬的岩石上只留下了一些晦暗难辨的纹路。在对面平行的山脉走势下沉处,在左侧遥远的地平线上,闪现出海面的粼粼波光。这里几乎没有植被覆盖,只有一些坚硬且低矮的荆棘丛与杂草。他们正要离开山之高地,下到谷底。要登上对面的山岩,就必须穿越此处山谷。在这儿他们看到了针叶林与奔向谷底的泉水,听到泉水叮咚,由上而下地奔涌。翡宁翠步伐坚定地在前头带路,脚下选择着最牢固的石头,不四处张望,一言不发。而费里波除了紧盯住她的脚步外,什么都顾不上,因此暗暗佩服姑娘轻盈的步态。翡宁翠的脸被一块大而洁白的头巾遮着,他一点都看不见。偶尔两人需要并排走时,他必须逼迫自己目视前方,不去看她的脸。对他而言,姑娘的面容太迷人啦。在强烈的阳光照射下,他才发觉她脸上有一种很少见的稚气表情,又很难说明这稚气到底是来源于哪里。他恍惚觉得,她的脸上还保留了七年前的某种特征,尽管整体而言她已经发育成熟了。

最后,他忍不住先开了口,她自然而理智地回应着。今天她的声音不再是山里姑娘惯有的响亮低沉,而是有些干巴巴的,就连讲到最无所谓的话题,也带着极为哀矜的腔调。他们现在走的这条路,过去的几年里也曾无数次地有政治逃犯走过,他们经常进到特雷佩歇脚。费里波描述了几个熟人的特征,问翡宁翠有没有见过他们,可她很难记起这些人,尽管她知道,走私客们带过不少陌生人去她家过夜。她只十分清楚地认出一个人。听到费里波对这人的表述,她脸羞得通红,板着脸站住说:"他不是个好人!最后我只好半夜把伙计们叫醒,把他赶了出去。"

就这么有一搭没一搭地聊着,费里波没有发觉太阳尽管已经升得老高了,眼前却没有出现一丁点儿托斯卡纳的踪影。他也没有去想,今天即将结束。他们在杂树丛生的山间幽径上走着,五十步便遇到一处飞瀑,时不时地水花溅到他们脸上,这真是令人神清气爽。蜥蜴从一旁石头上爬过,成群的蝴蝶在迷蒙的阳光下翩跹起舞。现在费里波仍没有发觉,他们一直逆着溪流在走,根本没有往西拐弯。姑娘的声音中像是有种魔力,让他不由自主地忘却一切。而昨天和那两个走私客上路时,他只顾着闷头想自己的心事。这会子他们出了山谷,眼前出现了一大片从未见过的、极为原始陌生的山地,其间山岭交叠,沟壑纵横。他这才第一次从那魔幻的梦境中清醒过来,停下脚步,注视着那山脉。他突然明白了,他们走的是完全相反的方向,现在距离他的目的地起码又增加了两小时的行程。

"站住!"费里波道,"还好我及时反应过来,你仍然在骗我。这是去皮斯托亚的路吗?你这阴险的女人!"

"不是。"她毫无畏惧地答道,眼睛却盯着地面。

"好哇,你这该死的女人!你的阴险狡诈胜过了地狱里的所有鬼怪!魔鬼也要向你学习虚伪的本领。我真是瞎了眼,才会被你蒙蔽!"

"当你爱上一个人,你可以比魔鬼或天使更有力量,可以做到一切啊。"她低声幽怨地说。

"不!"他大吼一声,怒火中烧,"别高兴得太早!你这忘乎所以的女人!一个男人的意志是不会被一个下作的疯婆子所谓的爱情打倒的。快点送我回去,告诉我最近的路,不然我就掐死你。你这个蠢女人,你难道看不出来吗,如果你就这样把我变成了一个被世人所不齿的人,我一定会恨死你。"

他握紧了拳头,冲到姑娘面前,一时不知该怎么做。"那你就掐死我吧!"她颤抖而大声地说道,"来啊,费里波!但是如果你真这样做了,那你就等着扑倒在我的身体上流出血泪吧,你再也不能使我复活。你将日夜守在我身旁,与飞来啄食的秃鹫搏斗;白天,你将接受阳光强烈的炙烤，入夜，身体则被露水打湿，直至你和我一样死去。总之你再也离不开我啦。你难道认为我这样一个山里长大的、可怜又愚蠢的姑娘，能够将七年的等待在一夕之间完全抛掉？我知道它的价值，我知道它有多珍贵。如果我要用它来买下你的话，这个价格也绝对够公道。让你去送死？简直可笑！你现在就可以转身离开，你还没明白？我随时都能把你找回来。你今早喝的那酒，里头掺了爱情魔药，世界上还没有哪个人能抵挡住它的魔力！"

翡宁翠像个女王似的，大声喊出这些话。她向他伸出一只胳膊，仿佛握着一柄代表统治的王杖。而他却狂傲地大笑起来，喊道："你的爱情魔药对我没有任何作用，反而让我感到对你前所未有的厌恨。不过我犯不上恨你，那我岂不是也成了傻瓜？但愿你我不再相见后，你的躁狂症与相思病能好起来。我不需要你的指引，我看到前面有户牧民，还有羊群，篝火在闪动。那儿的人会为我指明正确的方向，再见了，可怜的毒蛇，再见了。"

说罢他走了。翡宁翠一言不发，安静地坐在山谷边一块巨岩的背阴处。她低垂着一双大眼睛，视线落在了那一株株植根于谷底山涧旁的深绿冷杉上。

费里波走了没多久，就陷入了迷路的困境，他发现自己被危岩与荆棘丛环绕着。尽管他十分不愿承认，但那个心碎姑娘说出的话还是使他的心灵变得不平静，心思很难集中到赶路这事上。此时他看到对面的牧场依旧燃着篝火，牧民们忙碌其中，所以他想着当务之急是先下到山谷中去。他计算了一下太阳的方位，差不多是十点多了。当他下到谷底后，发现了一条密不透光的小路，之后出现一条跨越山涧的小桥，通向山谷的另一边。再继续往上爬，应该就能到达那片牧场了。他沿着路疾走，路先是有着向上的坡度，之后却绕着半山腰打起转来。他发现，走这条路一时半会是到不了目的地了。可在垂直的方向上尽是些难以逾越的陡峭山岩。他不打算走回头路，他现在必须信任自己的选择。他快步疾行，仿佛是个刚被解救出牢笼的人，他不时地张望下牧人的小屋，却发现它似乎一直在后退。渐渐地，血液流动得愈来愈慢,他不由自主地回想起与翡宁翠的所有细节,甚至是发生过的那些口角。那个姑娘的美丽身影似乎真实地浮现在他面前,不似盛怒之时看到的那样如雾般朦胧。他不禁对她抱以深深的同情。"她还坐在那儿吧。"他自言自语道,"可怜的疯女人,竟会相信那个爱情魔药。怪不得昨晚她趁着月色离开那屋子,鬼知道她采了什么乱七八糟的草药回来。是了,那两个老实的走私客就曾指着岩缝中的一种古怪白花,说它能使人获得爱情,而且很灵验。无辜的小花,看人类把你们说得那样不堪!怪不得她摔了那壶,细细回想,那酒味道很苦。是不是越老,人所表现的孩子气就越强烈,越令人畏怖。她站在我面前,跟个女巫似的。她那份睥睨一切的自信,连那把所有著作付之一炬的罗马女占卜师①也比她不上。可怜的女人心,你亲手织就你的妄想,多么美丽,又多么痛苦!"

然而他越往前走,就越被她的柔情打动。她的美丽容颜有种威力,使他不自觉地美化了这次分离。"我不应该责怪她,她对我一片真心,想要救我一命,让我摆脱掉那注定要履行的承诺。我应该向她伸出手,告诉她:我是爱你的,翡宁翠,如果这次我有幸生还,那我必会回去找你,带你回我的家乡。我简直是被油脂蒙了心,竟没想起这样的解决办法。亏我还是名律师,真是耻辱!我应该在道别时像个未婚夫一样亲吻她,这样她就不会怪我骗她了。我非但没有这样做,反而像个固执的榆木疙瘩一样把事情全搞砸了。"

费里波开始深想那作为未婚夫与姑娘离别的场景,似乎真的感受到了姑娘的呼吸,以及一亲芳泽的触觉。他仿佛听见自己在呼喊她的名字:"翡宁翠!"他热烈地回应着,停下脚步,心怦怦直跳。溪流在他脚下潺潺流动,这一片丛林原野旷阔而多荫,一旁冷杉的枝桠低垂着,纹丝不动。

---

① 相传希腊库麦城的女预言师拿着自己的占卜书去向当时的暴君塔克·文尼(公元前六世纪)兜售,遭拒,于是愤然将所有著作付之一炬。她写出的预言格言集《罗马神言集》,罗马将其作为官方的占卜资料。

姑娘的名字又一次冲到嘴边，他却突然闭紧嘴唇，感到一阵羞耻，随之而来的是恐惧。他拍打着额头。"难道我已经到了那种程度，醒着的时候也能梦到她？"他喊道，"难道她真的说中了，无人能抵抗爱情魔药的威力？如若真是这样，那我今生也就一事无成了，只能一辈子做她的奴隶，受她摆布。不，去死吧，你这美丽的、自欺欺人的女魔头！"

突然间，他找回了自己的理智。可他发现，自己完全是在这条路上绕圈子。他没法回去，只好硬着头皮去冒险。他决定，不惜一切代价也要爬到一座山坡上去，这样他就可以再次回顾那已不见踪迹的牧人小屋。溪水正汩汩流淌着，他沿着陡峭的溪岸走着。此时，费里波把斗篷系在脖子上，找了一处两侧山壁靠得很近的落脚点，向着岩缝的另一侧纵身一跃，成功到达对面。这样他的勇气更大了，便一鼓作气，继续向上爬着，不一会儿就见到了太阳。

阳光强烈地炙烤着他的头顶，他口干舌燥，却一刻不停地、更加努力地向上爬去。这时他感到有些恐惧，生怕他拼尽全力也赶不到目的地。他感到血液不断冲进脑子，开始大骂今早喝的那壶魔酒，他又想起昨天看到的那种白花。天，眼前不正生长着这种花吗！他不禁感觉毛骨悚然。他想，如果那是真的，如果白花真有那种力量，能控制我们的心与我们的意识，能使一个男人的意志屈从于一个女人的情绪。不！大丈夫宁死也不受这种耻辱！做奴隶，毋宁死！但不，不，这种无稽之谈只能打倒那些信了它的胆小鬼。拿出男人的勇气来，费里波！向前走，前方有你要抵达的山坡，再过一小会儿，这座被诅咒的山和里头飘荡的幽灵，都会被你永远甩在身后！

话虽如此，他却很难让自己奔涌的血液平静下来。每一块岩石，每一片湿滑的苔藓，每一根固执地垂在他面前的冷杉枝桠，于他而言都是一重阻碍，他必须打起十二分的精神才能战胜它们。终于，他爬到了山顶处，抓住最后一丛灌木，跃身上去。凭着那份冲劲，他终于到了。可他一开始却什么都看不清，血液冲进他的眼睛，阳光投射在周围的黄色岩石上也使他头晕目眩。他怒气冲冲地擦拭着额头上的汗水，摘下帽子，挠了挠纷乱的头发。此时他似乎真实地听到有人在叫自己的名字，他向着发声处望去，顿时惊呆了。在他对面几步远，翡宁翠正坐在岩石上，就像他刚离开时一样。她安静地望着他，眼里闪烁着幸福的光芒。

"你还是来了，费里波！"她满怀喜悦地说，"我等了你好久。"

"该死的幽灵！"巨大的恐惧与全部的热情在他心中交织，不觉失声骂了出来，"我迷路，满怀痛苦，头皮差点被太阳烤焦，你却还来嘲弄我？你是不是为着再一次见到我，再挨一次我的骂而欢欣鼓舞？尽管我又一次见到你，全能的上帝作证，我绝非有意地来寻你，你依然无法得到我。"

翡宁翠露出一个奇异的微笑。"可你是不自觉地被吸引到这里的。"她道，"即使你我之间隔着迢迢山水，你也能找到我。因为我在你酒里混了七滴狗的心头血。可怜的福克！它爱我，却憎恨你。这样一来，你就会恨过去那个费里波，那个背叛我的男人。只有爱我，才能使你的心得到安宁。费里波，瞧，我最终还是征服你了，不是吗？来，我现在重新为你指引去热内亚的路，我的爱人，我的丈夫，我最亲爱的！"

随即她站起身，伸出两臂想要拥抱他，却一下子被他的表情吓住了。他面目死灰如遭雷击，眼白却是通红的，嘴巴无声地颤抖着，帽子从头上掉落了，双手大力挥舞着不许她靠近。

"一条狗！一条狗！"自他齿间费力地迸出几个破碎的字眼，"不，不，不！你不可能打败我！——恶魔！宁可作为一个男子汉去死，也绝不像条狗似的苟活于世！"说到这，他口中发出一阵可怕的狂笑，两只眼睛死盯着姑娘，缓慢而吃力地、跟跟跄跄地向后退去，随即向后一倒，瞬间栽入他刚刚成功爬过的山谷中。

眼见着他高大的身躯从悬崖边消失了，翡宁翠眼前一黑，双手用力摁着心口，嘴里迸发出一声山鹰般的锐叫，响彻山谷。她踉跄几步奔至崖前，直直地站定下来，手仍紧紧压着心口。"圣母啊！"她喊道，脑中一片空白。她迅速靠近山谷，攀着冷杉的枝条一路沿着石壁滑下去,眼睛一直望着谷底。她气喘吁吁地一只手捂紧了心脏,唇间嗫嚅着不成句的单字,另一只手则紧紧扣住岩缝与枝条。她一直溜到了冷杉的根部,费里波正躺在那儿。他双目紧闭,前额与头发都被血濡湿了。他仰面靠在一根树干上,上衣被撕碎了,右膝似乎也受了伤。她不确定他是否还活着。她用双手托起他,这样她可以感觉到,他在动。应该是他紧紧系在肩上的那个斗篷,阻止了他的继续坠落。"感谢主!"她松了一口气。此时,她似乎生出了神力,将一个动弹不得的男人抱在胸前,开始往上攀爬。她爬了很久,好几次不得不把他放在青苔或岩石上歇一会儿。可他仍人事不省。

终于,她带着她那不幸的负担爬到了山顶,自己却两膝一软,栽倒在地上,陷入昏厥。半晌,待她醒转过来,爬起身便向牧人小屋走去。当她已距离小屋足够近时,才发出一声尖锐的呼喊,声音传遍这个旷阔山谷。最先只是回声回应着,不一会儿便有了人的声音。她又尖声啸叫了第二次,不等人回应就转身,跑回了奄奄一息的费里波身旁。随后,她气喘吁吁地抱起他,放到她之前坐着等待的岩石背阴处。

渐渐地,他恢复了一点意识,睁开了眼睛。他看到身边围着两个牧人,一个老者和一个约摸十七岁的小伙子,他们一边往他的脸上洒水,一边摩擦他的太阳穴。他的头搁在一处柔软的地方,他还不知道,自己正躺在姑娘怀里。

他像是全然忘记了她。他深吸了一口气,感觉自己从头部直至足尖都在震动,于是又闭上了双眼。最后,他上气不接下气地恳求道:"你们两个……好心人……请求你们其中一个,快些……去一趟山下的皮斯托亚,有人在等我。上帝保佑你们……如果……你们能去幸福酒馆,对那里的老板……说说我的情况。我的名字是……"话没说完,他又陷入了昏迷。

"我去。"姑娘说,"请你们把这位先生抬到特雷佩,妮娜会告诉你们应该把他放在哪张床上。让她去叫贾露卡老婆子来,让她来救治这位先生,给他包扎一下。现在我们把他抬起来。你抬肩,托马索,

·025

你，毕波，抬脚。当你们动身时，你要走在前面，托马索。好了，抬起他！轻点，轻点！停下，你们把这个浸到水里，搭在他额头上，每遇到一处泉水都要照做一次。明白吗？"

翡宁翠从自己的亚麻头巾上撕下一大块布，浸了下水，把它缠在费里波冒血的脑袋上。随后他被那两个牧人抬起来，前往特雷佩。而那位姑娘神情黯淡地目送着他们远去，直到他们的身影几乎消失不见，才急忙整了整裙子，沿着崎岖的小路奔下山去。

等她赶到皮斯托亚，已经接近下午三点了。幸福酒馆位于城外几百米远处，这个点儿大家都在午睡，酒馆里冷冷清清的。店前的凉棚下，停着几辆卸了套的马车，车夫们都靠在软垫上打着盹。对面的一家大铁匠炉子也停了工，路两旁的树上覆着厚厚的尘土，空气中没有一丝风。翡宁翠走过去，自己动手把辘轳放下井里，汲上水，净了净手和脸。接着她慢慢地喝了一些水，喝了很久，为了同时压下渴与饿。随后她走进了酒馆。

酒馆老板睡眼惺忪地从柜台里的长凳上站起来，一看扰了他清静的是个山里姑娘，又一屁股坐了下去。

"你想做什么？"他有心戏弄她，"要是你想吃饭或喝酒，你就自个儿去厨房吧！"

"你就是老板？"她不卑不亢地问。

"我不是谁是？我想没人不认识幸福酒馆的老板巴达萨尔·缇慈。小美人，你找我有何贵干？"

"我给您捎来了费里波·马尼尼律师的口信。"

"欸？真的吗？这样的话，那又是另一码事喽。"他急忙站起身，"他不能亲自来了，对吗，姑娘？这儿有几位先生正等他呢。"

"那就请带我去见他们吧。"

"哎，哎，还保密？难道我不能听听，他到底想对这几位先生讲什么？"

"不行。"

"好吧，小姑娘。谁都有自己的秘密，不是吗？你这漂亮的小顽固脑瓜，跟我这巴达萨尔老头子一样倔！哎，哎，他不能来了，这会使那几个先生非常不高兴的。他们貌似有很要紧的事情要找费里波哩。"

老板停住了话匣子，从一侧打量着姑娘。这会儿她没有任何想与他聊天的意思，而是推开了门。他只好戴上草帽，摇了摇头，陪她去找那几位先生。

前堂后头有一个小小的葡萄园，她从中穿过，老头儿不停地问东问西，不时还惊讶地大叫，姑娘却一言不发。在中央的林荫小道尽处，有一个不起眼的园中小屋，百叶窗全关上了，里面的玻璃门后还挂着一块厚厚的窗帘。等差几步路时，酒馆老板叫住她，独自走上去敲门，结果门一敲就开了。翡宁翠随后看到，窗帘被拉开了一边，有几双眼睛在上下打量她。然后，老板走过来告诉她，有几位先生要和她说话。

翡宁翠一踏进小屋，一个刚刚背对着门坐在桌前的男人便站了起来，向她投来犀利的一瞥，另外两人仍坐在凳子上。她看到桌上有几个酒瓶和玻璃杯。

"这么说，律师先生今天要爽约了？"站在她面前的男人道，"你是谁？又怎么能向我们证明你的口信是可靠的？"

"我来自特雷佩，名叫翡宁翠·卡塔宁。怎样证明？我不知道，但我保证我所说的都是事实。"

"那律师先生为什么不能来了？我们还以为他是个讲信用的人。"

"他确实是的。可他从岩石上摔了下来，额头和膝盖受了重伤，现已昏迷了。"

这个发问者向另外两人交换了一下眼色，然后又说：

"你终归还是露馅了，翡宁翠·卡塔宁，你实在不擅长说谎。如果他真的昏迷了，他又怎么能派你来向我们报信呢？"

"他曾苏醒了片刻，便把这事托付给我。他说，有人在幸福酒馆等他，必须去那儿告诉他们，他出了什么事。"

此时另一个男子发出一声冷笑。"你看到了，"那个发问者道，

"那两位先生也不是特别相信你的说辞。显然做一个编故事的人比做一个守信的绅士轻松多了。"

"先生，如果您的意思是说，费里波是由于胆怯才没来，那这真是个卑鄙的污蔑，老天必会为此而惩罚您的。"翡宁翠语气坚定地说，同时目光扫过那三个人。

"你可真是热心啊，小姑娘。"一人讥讽道，"你肯定是律师先生的至交好友啦？嗯？"

"不，圣母做主！"她用极低沉的语气答道。三个男人开始交头接耳，然后她听到其中一个说："那地方仍属托斯卡纳。""您不会真相信这种诡计吧？"第三个人插嘴道，"相信他现在躺在特雷佩，还不如——"

"您们可以亲自去看看！"翡宁翠打断了他们的耳语，"我领你们去，但你们不许携带武器。"

"小傻瓜，"头一个说话的人道，"你以为我们舍得要你这小美人儿的命吗？"

"不。但我知道你们想要他的命。"

"此外还有什么条件没，翡宁翠·卡塔宁？"

"有，随行要带上一名外科医生。你们中有谁是大夫吗，先生们？"

她没有得到任何回答。那三个人又交头接耳起来。"来的时候我看到他就在前面，但愿他还没回城里。"其中一人说着，离开了小屋。不一会儿他又带来了第四个人，他们似乎彼此并不认识。

"您大概肯费力气跟我们去趟特雷佩吧？"第一个发言者说，"到路上我们会告诉您去那儿做什么的。"

那个新来的向大家微鞠一躬后，所有人便动身了。翡宁翠经过厨房时，要了块面包，匆忙咬了几口，然后领着一队人，沿着上山的路走。一路上她无暇顾及那些七嘴八舌的旅伴，而是尽她可能地加快行进速度。她时不时地被叫住，因为其他人都快跟不上她了。每当这时她就站住等他们，眼神无望地注视着某处虚空，手依然紧紧按着心口。直到晚上，他们才爬上了山坡。

特雷佩看起来和往常一样了无生趣。只有几张孩子的面孔好奇地凑在打开的窗户前，门外头凑着几个妇女，看着翡宁翠一行人走过。她跟谁也不交谈，只在邻居走近了招呼她，才摆手致意一下。在她家门口，站着一堆正在闲聊的男子，伙计们正忙着侍弄那些驮货马匹，走私客们进进出出。当注意到这群陌生人时，人群突然安静了，大伙儿都从门旁退开，让他们进去。翡宁翠进到大屋子里和妮娜交谈了几句，便推开了她卧室的门。

屋内的光线极暗，他们看到床上躺着那个伤者，床边正蹲着特雷佩村里最老的一位女性。

"他怎么样了，贾禄卡？"翡宁翠问。

"还不错，赞美圣母！"老妇答道，同时迅速打量了一下跟在姑娘身后的那帮来客。

费里波迷迷糊糊地醒来，突然，他苍白的脸发出光来。"是你啊！"他说。

"是我，我带来了要与您决斗的那位先生，好让他看看，您是因伤重才不能去的。喏，这边还有一位外科医师。"

他躺在那儿，用无神的眼睛慢慢扫过那四名来者。"他不在其中，"费里波说，"这几个人我都没见过。"

他说完这些话，又想重新闭上眼睛。这时，那三人当中的发言者上前一步，说："我们认得您就够啦，费里波·马尼尼先生。我们接到指令，等到您出现就抓捕您。我们截获了您的信，获悉您此番来托斯卡纳，不光是为了决斗，更是要与某些人恢复联系，以便您与在博洛尼亚的同党们寻求援助。现在站在您面前的是警署的人员，这是我的逮捕令。"

他从兜里掏出一张纸，递到费里波面前。而他呆呆地望着那纸，像是一个字也没看懂，随即又昏睡了过去。

"检查一下他的伤势，大夫。"警员转头对医生说，"如果他情况还过得去，那我们得立即把这位先生送山下去。我看到外头有马，这样咱们一下子就破了两个案子，因为那马驮的是走私货，我们可以没收马匹。这下好了，我们搞清了在特雷佩来往的都是些什么人，也省了以后调查。"

在那个男子说话时，医生走到费里波身旁，翡宁翠溜出她的小屋。老贾禄卡安静地坐在那儿，口中喃喃祷告着。突然，他们听到外头传来了骚动声，以及来来往往的人们不安的声音。墙洞里有人在偷看，身影一闪而过。"没问题，"那医生说，"只要给他紧紧地多包扎两层，就可以挪下山。当然了，如果他能够在此地静养，在这个老巫婆的看顾下可以更快地痊愈。她那治跌打损伤的草药，连最负盛名的医生也甘拜下风。他在路上有可能会因为伤口而发烧，这样可能会要了他的命。对此我可不负任何责任，警官先生。"

"没必要，没必要。"另一人回答道，"无所谓用什么手段，只要能把他带走就行。快给他包扎吧，能包多紧就多紧，确保路上不出差错。今晚有月光，我们再喊个小伙子带路。你现在就出去，默尔扎，扣下那些马。"

那两个差役接到指令，迅速推开小屋的门，正要出去，却看到一幅他们始料未及的场景，都直接僵在原地。主屋被一群村民占领了，为首的是两个走私客，门被推开时翡宁翠还在和他们说着话。这时，她走到卧室门口，郑重宣告：

"请你们立刻离开屋子，先生们，不许带着伤者一起走，要不然你们就再也回不到皮斯托亚了。从我翡宁翠·卡塔宁在这儿当家之后，这所房子里还从没流过血，而且圣母永远不会允许这种暴行发生。你们也别尝试再来这儿，即使你们带更多的人。也许你们还记得一个地方，两面石壁之间有条窄窄的石梯，只容一人通过。就算是一个孩子也能守住这条道，反正我们只需要把随处可见的石块往下扔就行啦。我们会在那儿安置一个人放哨，直到律师先生彻底安全。你们现在可以滚回去炫耀你们的英雄战绩了，那就是你们不光骗了一个姑娘，还想要杀死一位受伤的先生。"

那三个警员愈听愈变色，等姑娘讲完，四周一片肃穆。突然，那三个人掏出了一直藏在口袋里的手枪，那名警员冷冷开口："我们依法行事。你自己不尊重法律，难道还要妨碍别人行使法律么？如果你们非逼着我们以暴力来维护法律，那这枪足够结果你们中的七个人。"

村民们发出一阵低语。"静一静，朋友们！"姑娘果断地喊道，"他们不敢这样做！他们都知道，无论射杀谁，自己都要加倍偿命。您说这话简直像个傻瓜！"她转向警官，"你们的恐惧都写在脸上呐，不过这至少证明你们还有点智慧。还是按我说的做吧，先生！路都为您敞开了。"

她后退，向左指着屋子的大门。他们低声商量了一下，随后垂头丧气地穿过人群，在愈来愈响亮的诅咒声中落荒而逃。那名医生正在踌躇，应不应该跟上去。直到姑娘威严地把手一挥，才急忙趋前跟上他的同伴。

此刻发生的所有场景，都已落入在小屋床上半支着身体的费里波那张大的眼睛中。这时老妇走上前，为他挪了挪枕头。"安分地躺着吧，孩子！"她说，"已经没有危险了。睡吧，睡吧，可怜的孩子！老贾禄卡为你放哨，你是安全的，再说，还有我们的翡宁翠为你牵挂着，那可真是个好姑娘！睡吧，睡吧！"

她哼着单调的催眠曲，像哄孩子一样哄他入睡。他却在梦中梦见了翡宁翠。

费里波在山上呆了十天，被老贾禄卡悉心照料着。他晚上总睡很长时间，白天就坐在门口，呼吸新鲜空气，享受着山中的静谧。过了一阵子他又可以写信了，便请一个小伙子往博洛尼亚送了一封信，第二天就收到了回复。是好消息抑或坏消息，从他苍白的脸上可看不出。平日里除了老贾禄卡和特雷佩村里的孩子们，他也不和任何人说话。说到翡宁翠呢，他只有晚上等她在炉旁忙来忙去时才能见她一面。她总是太阳一出就走了，在山上一呆就是一天。而他从别人口中得知，她过去并不这样。即使她凑巧在家，他也很难找到机会和她说上几句。她似乎根本不在意他是否在场，生活也仿佛恢复了原样。只是翡宁翠的脸色愈发沉郁，她的眼睛也如一潭死水。

有一天天气很好，费里波离开房子，走得稍远了一些。他感到了一种全新的生命力，于是头一次下了一个缓缓的斜坡。当他转入一处山谷中，不期然发现翡宁翠正坐在山泉边的青苔上，她手里操纵着纺车与纺锤，似乎正纺着纺着便堕入沉思。她听到了费里波的脚步声，抬头看了一眼，却一言不发，一副无动于衷的表情，飞快地拾起她的工具。随即她离开，全然不理会他的呼唤，一会儿就没影了。

在这次碰面后，第二天早晨，他起床后第一个念头就是再去找她。这时门却开了，翡宁翠静静地走过来。她站在门口，手威严地一挥，止住了正从窗口往她这里跑的费里波。

"您已经彻底痊愈了，"她冷冷地说，"我已经问过老贾禄卡了。她觉得，您已经恢复了充足的力量，足够进行短途旅行以及骑马。您明天一早就离开特雷佩，且再不回来。我需要您给我一个承诺。"

"我承诺，翡宁翠。不过还有一个条件。"

她缄默着。

"那就是你要和我一起走，翡宁翠！"他激动得难以自抑，说道。

一股强烈的怒火冲上她的眉毛。可她依然保持住冷静，抓着门把手，道："我凭什么无故受您讥讽？您理应无条件地向我承诺。希望您能够信守诺言，先生。"

"你喂我喝下爱情魔药使我永远受你支配之后就想赶我走吗？可它已经深入我骨髓了，翡宁翠！"

她平静地摇摇头。"我们之间不再存在任何魔法了。"她闷声道，"你在那药生效之前流了血，魔力就消失了。这样也挺好的，之前我做得并不对。我们不要再说这件事了，总之你要走了。我已经为你准备好了一匹马和一个向导，随您去任何地方。"

"如果连接我们的魔法不再有效，那一定又有了另一种魔力，让我离不开你。只是你不知道而已，姑娘。就如上帝赐福于我的——"

"住嘴！"她打断他的话，恼恨地噘起嘴巴，"我可一点都没听见你那些话。如果您真觉得对我负疚，或者想要补偿我，那您就走吧，咱俩的账就算两清了。您不会真以为经历了这些事，我这可怜的脑瓜什么都没学到吧？我现在总算知道了，一个人是不能被收买的。替他办事，那是应该的；为他等待七年，这在上帝面前也都没什么大不了。不过您可别以为您让我如此沮丧。是您治好了我的病！走吧，带着我的感谢走吧！"

"你在上帝面前郑重地回答我！"费里波吼着，冲到她面前，"我也治好了你的爱情吗？"

"不。"她坚定地答道，"接下来您又想问什么？我的感情只属于我，您无权过问！更无权干涉！走吧！"

说完她退后一步，跨过门槛。下一秒费里波便扑倒在她脚边的石地上，紧紧抱住她的膝盖。

"如果你所说的都是真的，"他高声喊着，悲痛欲绝，"那快拯救我吧，接受我吧，让我和你在一起！不然，我这颗凭借奇迹才保存完好的脑袋，会和这颗你要丢弃的心一起，就要变为碎片了！我的世界一片空寂，我的生活也只剩仇恨，我过去与现在的家园都将我放逐。如果我必然失去你，那我还能怎样活下去！"

说罢，他抬起头，发现从她紧闭的双眼中流下了两行清泪，只是从表情上看仍无动于衷。过了一会儿，她深长地出了一口气，睁开眼睛，双唇颤抖着，依旧无话。——她的生命霎时间绽放出无限光彩。她弯下腰，用强壮的手臂拉起他来。"你是我的！"她颤声道，"我也是你的！"

次日太阳升起时，这对爱侣便踏上了去热内亚的路，费里波打算在那儿躲避政敌的暗算。路上，一个高大苍白的男子骑着一匹健壮的马，他的未婚妻手持缰绳。在他们两侧，美丽的亚平宁山脉峰峦绵亘，延连不息。此时树树秋声，山山寒色。苍鹰盘旋于山谷的上空，远眺则望得见大海。而展现在这两位漫游者眼中的未来，也正如那片大海一般，宁静，光明。

比纳斯科城堡

[意] 狄奥达塔·萨鲁佐·洛埃罗

费思嘉 译

伦巴第的玫瑰色天空散发着柔和的光泽，朝阳的第一缕光线于其中渐渐弥散开来，投射到一片伫立着古老白蜡树的森林中，最终消失在林间的阴影里。从那片丛林中延伸出的一条小路上，文蒂米利亚的君主奥隆贝洛正缓缓走来：他坐在一匹战马上，刚刚从朝圣者的神圣战场上归来，心里深藏着无人知晓的爱情——它正是忧郁的热情产生的原因以及冒险举动的根源。在那个时代，爱情经常诞生在这样杰出的灵魂里：它的坚强受到人们的赞美，并享有极高的声誉。在比纳斯科的城墙内，奥隆贝洛知道伯爵夫人滕达是比纳斯科的女主人。他的心从未在战争中颤抖，然而那里的空气却让他的心不停战栗，只因为那是贝亚特里切生活的地方。从她的少女时代开始，他就再也没有见过她。她的生命悄悄流逝着，以至于比武中赫赫有名的名字以及宫廷里的爱情都已被她忘却。她已经嫁给了法西诺·卡纳，他是吉伯林派①的司令官，而且还是蒙菲拉托侯爵的孙子。尽管贝亚特里切还在妈妈的怀里哭泣时，法西诺·卡纳就已经是一个成功的成年人了。后来她还是嫁给了他。在加莱亚佐·威斯康蒂死的那一天，法西诺带着他的士兵占领了伦巴第河的所有河岸。

---

　　① 即"皇帝派"，意大利中世纪时期拥护皇帝、反对教皇派的派系。

由于血缘关系以及加莱亚佐的意愿，费利波被叫到了公国里。但是这位大名鼎鼎的军队司令把他的这位新客人关了起来。因为法西诺已经赢了，他一开始就打败并赶跑了那些外来的侵略者，如果费利波·威斯康蒂想要重新获得自由，他宁愿赠予他礼物也绝不会给他自由。来自巴勒比亚诺的阿尔贝里克的死，奥图伯诺三世和伯尔加多的阿尼奇诺的倒台都是法西诺的功劳，意大利没有一个军队司令能在比武中战胜蒙菲拉托侯爵的孙子，当时他在贝亚特里切父亲的城堡里也是战无不胜的。贝亚特里切只有十二岁的时候就失去了双亲，之后在她叔父的保护下生活。粗鲁的骑士在城外挥舞着米兰征服者的旗帜，这使她的叔父非常惊恐。

就这样，城外的吊桥被一一放下，失去作用的栅栏门也全部打开，不平等而过早的婚约使她的叔父感到羞辱，但同时也带来了和平。圣马力诺的城堡主长着一张极其可怕的面孔——就是那时被称作"不可战胜的法西诺"的男人。他头上长着浓密卷曲的长发，黑色的下巴从来没有梳理过，声音凶恶而可怕。他们答应把这位少女嫁给他，没有给她一点喘息的时间，她自己完全不想和这个年纪比自己大了三倍并且已经结过两次婚的男人走进婚姻殿堂，而他用所谓的和平作为筹码占有了那个内心充满恐惧的少女，他并不是她真正想要的人。法西诺非常傲慢，从来不会用爱情的艺术征服她，也从不宽宏大量，而是用他自己的规则和权力迫使她屈服。当他年岁渐增，他就几乎如同一位严厉的父亲一般管教她，经常对她说："如果我能撑过时间的考验，法西诺·卡纳的荣誉将会确保你的忠诚，但你如此迟疑不定，又是处在这样没有经验的年纪里，你需要一个真正的保卫者，而那个人就是我。"法西诺想让她按他说的那样去做，然而贝亚特里切对此却毫不在意。他每日在营地和武器间游荡，而她只能在孤独的生活中成长。她一点儿也不幸福，她爱着一个胜利者的名誉，只要一想到无法得到被祝福的爱情，她就不由得全身战栗。就这样，她眼睁睁看着自己的青春年华一天天逝去。她渐渐失去了发自内心的真正的笑容，尽管那本是青春最美好的装饰品。在这场不幸的婚姻后，在外界的目光中，贝亚特里切一直掩饰着真实的自己。

　　复兴年代的曙光无数次照射进古老森林的阴影里，那重新诞生的日子照亮了伫立在林间道路上四座高塔的城垛。奥隆贝洛心中生出美轮美奂的景象，他手中握着的缰绳倾斜着垂在骏马的胯部两侧。他在降下的铁桥前停下。从城墙的左方发出一阵短促的金属声响，接着传来一阵更加悠长的丧钟声，那是通知进行葬礼仪式以及对亡者进行祈祷的钟声。这位战士穿过铁桥，在方形庭院的入口处，他认出了那位有名的司令法西诺·卡纳的军队。在那尽头，一根根哥特式的圆柱高耸在城堡内的神殿里。从打开的门中可以隐约看见从深处庙宇中透出的闪烁的灯光。

　　低矮的拱门下，送葬的赞美诗响起。奥隆贝洛从马背上跃下，抬起面盔，走进围栏里。在那些大理石的建筑中有一个女人，她象征着身穿铠甲手持利剑的威斯康蒂胜利者的身份。她身姿轻盈，一头美丽的金色卷发，却扎着寡妇的头带，她凝视着沉默不语的司令的肖像，深蓝色的双眼中充满了泪水。她正喃喃低吟着葬礼的赞美诗，内心的悲伤和痛苦使她的脸色微微发白。然而，尽管最美好的青春早已不在，但她那无与伦比的美丽却从未消失。

　　她虔诚地祈祷着，眼泪不知不觉地流了下来，她没有发现倚靠在圆柱前的那个人。她熄灭了房间里的大蜡烛，停下正在吟唱的赞美诗，周围立刻寂静下来，接着，这片黑暗被彩色玻璃窗中透出的光线打破。奥隆贝洛走了进来，这里只有贝亚特里切独自一人，他低声说："尊敬的滕达夫人，作为与您同一家族的战士以及文蒂米利亚的主人，我请求您允许我在这里做短暂停留。我相信您不会拒绝我的，因为您是如此的善良。"她的目光落在他的身上，满眼都是悲伤，说："好的，我知道了。"接着说："我是法西诺·卡纳的遗孀，能够接待您我感到很荣幸，但是您也知道被遗弃的我只能默默地生活下去，这样的生活对我的现状是最合适不过的，同样也是对我不幸青春的悼念。尊敬的骑士，您拥有拉斯卡里斯的血统，我现在只是一个寡妇，您是不可以进入我的住所的。"

她这么说着，起身准备离开，他立刻跟上她，心里莫名地颤动着。这是一条狭长的走廊，两边的墙壁上没有挂着武器或家谱图，这条走廊连接着庙宇、陵墓，一直通向比纳斯科城堡的大厅。最大的一间厅房里，墙上悬挂着两把交叉的宝剑，上方挂着司令的头盔以及蒙菲拉托侯爵夫人的纹章，这正是他母亲出生的地方。其中一把剑是法西诺在决战的日子使用的，另外一把被他放在这里是为了告慰在沙场上奋战的将士们的英灵。来自巴勒比亚诺的吉伯林派的阿尔贝里克是他的老师，在很多年前他们就相遇了。在座椅的正后方，一个带着头盔的士兵右手握着武器，他对他的主人忠心耿耿。他和他伟大的司令主人一起获得过胜利，他的名字叫洛泰尔，最初他是为各宗主国服务的雇佣军里的一员，在战争中一直陪伴着加莱亚佐，后来则跟随法西诺四处征战。

　　贝亚特里切刚刚坐下，她的侍女们就为奥隆贝洛脱下了头盔、襟肩和盾甲。他漆黑的眼睛充满了生机，微卷的短发恰到好处，他的外貌呈现出一切帅气而高大的人所拥有的特质，他情不自禁，眼里闪烁着爱慕之情。他把剑递给贝亚特里切，说："今后我将不会为除了您以外的任何人效力，只为您一人。"伯爵夫人一直苍白的脸上浮起了红晕，她感到自己满脸发烫。她迅速把视线转向地面，迟疑地回答道："奥隆贝洛，您看见我的面纱了吗？到今天为止我已经戴了两年了，我到死都不会取下它，除非我进了修道院。如果您那么想知道的话，我会告诉您，我绝不会听进任何求爱的话语，就像您看到的那样，我已经快三十五岁了，我之前的生活一直是不幸福的，我绝不会再爱上任何人了。唉！请和我说说您的事业吧，那些发生在战场上的事情，还有您长久以来漂泊的生活。我会一直好好保管这把为您带来胜利的宝剑，但请您还是把您的爱留给一位贵族的少女吧，您的宽宏大量会为您带来声望和幸福。"她微笑着说完这些话，脸上始终保持着坦率而端庄的神情，但是在她最为悲伤的笑容下隐藏的却是无尽的泪水，她知道世界上没有任何情感会比这位勇士的爱更加甜蜜而炽热的了。

三天的时间过去了，奥隆贝洛依旧留在城堡里没有离开。他从未说过一句"我爱你"，然而他所做的一切无不证明了这句话。无论何时他的目光都追随着她，尽管他一直说着一些不相关的话，但还是很难克制内心的冲动。贝亚特里切的悲伤日渐增长，她总是望着地面，偶尔说的几句话也很不完整，每天都穿着那件黑色的丧服。他看着她这样，好多次几乎想要与她告别，但他还是将这冲动的念头埋在了心里。

明月当空，晃动的月光映照在长满玫瑰的院子里，植物丛中生长着一棵柳树，一条小溪从树下潺潺流过。在这个夜晚的早些时候，奥隆贝洛坐在柳树下仰望着被夕阳染红的天空，他似乎听见一个非常甜美的声音在他的内心深处呼唤着他。他想赶紧站起来，然而贝亚特里切阻止了他。啊！那双可爱而羞怯的手放在他蓝色的斗篷上，她推开他时，谁能理解他内心满溢的爱慕之情呢？他轻轻地吻她的衣角，没有说任何话，这个吻已经代表了一切。她羞愧地坐在那里，低声说："文帝米利亚的主人啊，请您好好听我说，我想说的话不多，但很重要。如果您善良的脸没有欺骗我，那么您一定不想让我变成这个世界上最卑鄙的女人。您尊贵的心灵一定能明白我的心意。您一定听说过卡纳·法西诺战无不胜的名声，我也是为了他才穿上丧服的。经历了这些令我无法忘怀的日子后，也就是在这个五月初，法西诺也终于在这场突如其来的决斗中落了下风。请到我的怀里来吧，就在这主宰战争的神的面前，请您不要把他的战争称为可耻的事情。也许您不觉得米兰宫廷里阿谀奉承的做法很可笑，但他将会把这个占据意大利广大领土的公国和象征权力的宝剑一并交给威斯康蒂。威斯康蒂获得权力之后，那些阿谀奉承的做法就会消失，法西诺希望自己的领地能够由古老的家族来统治，这样他就能安宁地死去。而在他临终之际，我发誓会遵守他的愿望，他说如果费利波是为了国家的安全着想而与他的遗孀结合，他是不会反对的。我已经向他发誓会使他的领土变得更加闻名于世，更加繁荣昌盛，接着他就平静地死去了。"

奥隆贝洛听她这么说，再也无法克制自己的感情，他也不管是否会破坏这个诺言，不顾一切地说："不！您生下来不是为了虚伪的宫廷，也不是为了权势间没有真心的交际的。孤独、宗教和爱情才是您美妙的灵魂值得拥有的感情。为什么要赞赏这样的灵魂呢？您抽出时间关怀那些善变的平民，给予他们无数的关心和希望，在我们看来似乎是可耻而没有价值的。生命一直都是这样，不可能完全充满高尚和慷慨。对于他们来说您清白无辜的生命究竟有什么用呢？只会让他们对自己矫揉造作的生活感到悔恨。反之，作为一个有权势的侯爵的遗孀，您不会得到别人的尊重。我也不会再谈论青春或者是费利波的事情了。从现在开始，意大利将证明她在一个外族人的统治下也能变得战无不胜。""请您别再说了，"贝亚特里切呼吸急促起来，激动地说，"请您停下吧，请不要再谈论他了。在我向法西诺许下这个不幸的诺言后，我还以为我一定无法自由地说出自己真实的想法。我不爱费利波，今后也绝不可能爱上他，但是您是这样慷慨，一定会尊重我丈夫的选择。威斯康蒂是那样的年轻，我向您保证他一定会拒绝的，他是不会愿意与他死去主人的遗孀在一起的，我只是发誓会对他做出让步，而不是将自己奉献给他。我忠诚的信使们对他说，尽管我们在伦巴第的土地上，但这依然是不被人尊重的结合，我希望他能放弃我，忘记我那轻率的诺言。因此现在您应该明白我一直这样不修边幅的原因了吧，请您尊重我这个悲惨的人吧。如今，公国的命运是由威斯康蒂决定的，如果他给予我权力的话，我将拥有不可侵犯的自由。尽管现在我仍然是自由的，我却不能爱上您，我的每一次心跳和呼吸似乎都已经停止了，这是我从来没有感受过的情感，我费了很大力气克制自己，每天焦虑不止，几乎快要窒息。您的出现让我对自己不再青春的容颜感到恐惧，或许这个世界上只有您能做到吧！但是您不能给我幸福。我的心脏剧烈地跳动，最终我的情感占了上风，它将是永生不死的。尽管时常哭泣，但我的内心却没有起伏，这样的哭泣是没有意义的，如果这样下去的话，我们都将变成不幸的人。费利波·威斯康蒂就要来了，如果他答应帮我履行我的誓言，我将离开这里，住进一间偏僻的小屋，过上隐居的生活，独自在那里等待死神的来临。对我来说，所有的一切无非是没有尽头的寂静和痛苦。亲爱的骑士啊，请您听进我这些诚恳的话语吧，请理解我的承诺，请您离开这里吧。"

接着她安静下来，双手掩住她那不安的面孔。奥隆贝洛说："您应该很清楚我的不安，之前我倾慕您尊贵的声誉，后来则是被您惊人的美丽、圣洁和腼腆而倾倒。虽然我还没到您这样的年纪，但在这多变而动荡的生命里，至今为止我一直保留着自己的爱情，只有您才是我命中注定的人，我只愿同您共度余生。也只有您能决定这件事情，只有您能保留自己的思想、情感的忠诚与慷慨，现在命运还掌握在您的手里。无论是虚伪的尊重还是轻率的诺言都是极易消逝的，它们并非您必须完成的事情。我们拥有同样的血统，相仿的年纪，同样的祖国以及同样对美德和真爱的渴望。我需要的不是一个属于法西诺的女城主，我向您请求的是那颗没有被他征服的心。"伯爵夫人叹了口气，依旧沉默不语，默默凝视着他，眼里含着泪水。她想告诉他，他的希望是渺茫的，但是她说不出口，因为对她来说这是第一次也是最后一次听奥隆贝洛对她表达爱意了。

但她的沉默没有熄灭奥隆贝洛心中的希望，她发现他依旧如此爱她。他身边的景象似乎都改变了，他的灵魂是大胆而冒险的。一开始他害怕无法赢得贝亚特里切的心，而现在他已经得到了它。他不怕威斯康蒂，也不在乎所谓的命运，然而他却无法理解她的坚持，也无法克制内心的冲动。贝亚特里切从前一直觉得当自己死去的时候，她会独自在那个寂静的世界里生活。那天晚上她做了很多梦，早上醒过来时，她发现自己的内心还是如此炽热，但她本不想爱上任何人，所有的一切迫使她熄灭内心的感情，她不得不尊重躺在冰冷坟墓里的那个人。奥隆贝洛又在城堡里逗留了两天，最终，伯爵夫人坚决的态度使他的希望再次破灭，他无法得到她的爱和忠诚。普罗旺斯·阿达尔贝托伯爵是贝亚特里切的叔父，他很有礼貌地接待奥隆贝洛，他也同样是文帝米莉亚勇士的后裔，以前，他与法西诺的关系并不好。阿达尔贝托非常希望奥隆贝洛能爱上他的侄女，他相信他的爱能战胜一切。然而，贝亚特里切一定要等待威斯康蒂来到这座城堡，尽管她完全不知道他何时才会到来。贝亚特里切一直逃避着奥隆贝洛的追求,第三天,他终于失望地离开了这座城堡。

这是法西诺为贝亚特里切和奥隆贝洛留下的遗言,然而当她意识到自己内心的感情时已经太迟了,这对谁都是一种折磨。她原先一直希望奥隆贝洛能够赶紧启程,但是他刚刚离开,贝亚特里切就难过地偷偷落泪,泪水模糊了她的双眼,她觉得城堡里到处有他的身影、他的足迹和他的声音。

奥隆贝洛在比纳斯科停留的这些短暂的日子里,一位隐姓埋名的人一直在偷偷观察这对轻率的爱人。他就是洛泰尔,他既不是教皇派的人,也不是吉伯林派的人,对他而言,自身的利益才是最重要的。

洛泰尔认为,成者为王,败者为寇。除了费利波以外没人敢娶法西诺的遗孀,他不害怕幽灵,对她的誓言也毫不避讳。很久之前他就非常希望费利波能来到比纳斯科,他觉得费利波才是真正该被朝臣们敬拜的君主,再说了,他还是国王的侄子,这样的男人当然能够理性地统治国家。他来到法西诺的灵床边,洛泰尔知道他临终的愿望,而他已经将这个愿望传达给了威斯康蒂,还告诉他贝亚特里切的痛苦已经使伦巴第民心涣散,国家正面临平民造反的危机。他一直小心谨慎地监视着这群人,然而善良的平民们却并没有察觉到。

日子一天天过去,秋天快结束了,她心中的爱情依旧没有改变,改变的是她脑子里的思绪,已经变得更加纷乱了。她孤独地在乡间生活,一颗炽热的心在沉默中承受着这不幸的爱情。当费利波·威斯康蒂来到比纳斯科的时候,她必须回到城堡里。为了寻找她,人们在外乡的土地上花费了很长时间,最终贝亚特里切的信使还是找到了她。平民的痛苦或是不幸都无法改变滕达夫人内心的愿望,尽管她只能眼看着自己泰然自若地走向那不幸的宿命。

费利波·威斯康蒂来到了城堡,他刚满二十岁,是一位很有才华的骑士,他手中的权力或许会越来越大,但不管他拥有多大的权力都永远不会使他成为一个坦率而正直的人。

他的举止温文有礼,声音谦和恭敬,他很有教养并才华横溢,同时也长得一表人才，然而他却有一颗异常冷酷的心。他渴望名誉和权力，为此他可以不择手段，可以泰然自若地欺骗别人，而且他从来不为这种卑鄙的行为感到内疚，对他而言，毒药、暗器和不公正的指控都可以成为他的武器，因此他那充满男性魅力的笑容往往预示着他下一秒的背叛。听到贝亚特里切的愿望，他非常惊讶，却表示了接受。在他看来，她的内心是令人轻蔑的，同时又被迷信束缚。虽然他隐约地觉得这个愿望并非出自坦诚和自愿，但他还是尊敬地表示感谢。他的沉默让洛泰尔暗自觉得费利波真正想要的只是公国的领土，如果这桩婚姻不能保证他的统治地位，他是绝对不会答应的。

威斯康蒂的武器在正午的阳光下发出耀眼的光芒，他带着十位随从的骑士，穿过塔桥，城里军号声响起。滕达夫人在一群陪臣的陪伴下从城堡中走了出来。她披着象征寡妇身份的斗篷，除了头上扎着黑色的细带之外，她没有戴任何饰物，只看见那一头盘起的金色长发。这份平静的装扮使她的面孔显得有了生气，眼里似乎也闪烁着光芒。

在塔桥的入口处，她与费利波第一次相遇，她把城堡的钥匙恭敬地递给他，温和地说："骑士先生，永垂不朽的法西诺是一位慷慨的统治者，他愿意把他的遗孀交给您。这里的领地将接纳您与您的军队，我们绝不会背叛您。我向您保证，我们的人民都非常忠诚，他们都需要一位如同父亲般的主人，而只有您能够成为这样的人，因为您拥有如此伟大而慷慨的胸怀，如果您的声望并非虚传，人们一定会爱戴您。只要您愿意担任圣马力诺的城主，我将在简陋的屋子里为您祈祷和平与荣耀。您可以召集修道院的少女，她们将会为这片灰烬增加荣耀，并为您祈祷太平。"费利波贪婪地窥视着她，他习惯于遵从自己的欲望以及情感的善变，当然这并不是爱情，贞洁的贝亚特里切是无法理解这种肮脏的想法的。然而他控制住自己，亲吻她的右脸，说："高贵的比纳斯科的女主人啊，我觉得我与您就像姐弟一样，因此我不能这么做，现在我的心里充满了感激和炽热的爱情。贝亚特里切，请您不要让我隐藏自己的真心，请您不要阻止我对您的爱意。现在我们不要讨论这件事，我对您的感激之情是真实并且永恒不变的。

我们来谈论今后对陪臣们的安排吧,无论是谁看见您的模样,听见您的声音,他都会仰慕您,都会爱上您。"

他的声音迟疑着,向她投去大胆的目光,她尽管没有理解他眼中的含义,却还是紧张得浑身发抖,威斯康蒂落在她右脸上的那个吻令她感到不安。但是她已经承诺会把他留在城堡里。在这里,作为新任的君主他表现得彬彬有礼,在这位信仰上帝的贵族女性的住所里,他的尊重是恰到好处的。他是出于自愿的,然而他内心的欲望却是无止境的,他真正渴望的既不是美妙的歌声,也不是骑士间的马上比武,更不是抒情诗人吟唱的诗歌。他将他最迫切的渴望巧妙地隐藏起来,他甚至打算与她结婚,否则的话他的渴望以及对贝亚特里切的求爱都是白费功夫。洛泰尔一直在他身边提醒他,让他不要忘记卡纳·法西诺的愿望,这场婚姻必定是有利可图的。如果不是洛泰尔坚决要求的话,费利波可能做出的冒失举动或许是奥隆贝洛无法想象的。这位贞洁的妇女值得受到人们最真诚的尊敬,如果她拒绝费利波,那么一切很可能都是徒劳。如果不是洛泰尔时刻提醒他,他根本无法一直克制自己。贝亚特里切的思想还完全停留在法西诺的坟墓里,停留在乡间的小教堂里,她的心独自在一份珍贵的回忆里默默挣扎,别人邪恶的欲望根本无法让她忘却这些回忆。她相信,不愿与她结婚的人不是真心爱她的人。世界上有这样一种热情而纯洁的灵魂,这些灵魂中蕴藏着巨大的能量,她们能够感知到别人沉默但真实的爱,却无法察觉到淫邪的欲火,因为那圣洁而单纯的思维无法理解那样的邪念。与此同时,洛泰尔正在考虑筹划一些对于促成这场联姻来说非常必要的事情。他早就料到如果威斯康蒂不坚定地向她提出请求,贝亚特里切大多是不可能同意的,因为她从未忘记那个沉默的誓约,但是对他来说这个请求在一定程度上是有风险的。她的人民爱戴她并且信任她,他害怕新的公国会再次发生暴动,现在他关心的已经不是别人的爱恨纠葛,而是所有人包括他自己的人身安全。他没有阻止费利波来到这里,因为无论用怎样的方法,他只想在最短的时间内控制住贝亚特里切。他没有必要去听平民的哀悼,平民们总是同情受压迫者,然而这种同情并非源于别人的苦难,他们真正希望的,若不是用统治者的鲜血染红他们手中的匕首,至少也是为了咒骂当权者以发泄不满。

这一天是十月二十六日,钟声的再次敲响代表了午夜的到来。滕达夫人习惯在这时进行虔诚的祷告,祈祷日子的临近使她内心的情绪变得更加热忱,更加悲伤,她的房间里充斥着无尽的孤独,一座陡峭而笔直的悬崖似乎就在她的脚下。窗户被一阵晚风吹开,她走过去半掩起窗户,在窗前伫立片刻,不禁发出一阵叹息。她抬起头凝视着秋天繁星闪耀的天空,光秃秃的山谷下,她看见一行队伍正从那里经过,闪烁着摇曳不定的微红色光芒,就像葬礼上的光线一样!无数只白色的幽灵支撑着这道光,她听见浑浊的风中飘荡着忧愁的挽歌。

突如其来的恐惧使她不由得后退几步,她立刻轻轻打开那道通向巨大而冷清的走廊的门。黑暗中一片寂静,只听见武器发出的一阵非常轻微的摩擦声离她的房间越来越近,不知是谁正迅速地轻轻向这里走来。她在黑暗中一动不动,努力保持沉默却禁不住浑身发抖,这时洛泰尔低沉的声音响起,他说:"我的主人不幸的遗孀啊,在这么多年后,请您破例让我这个活生生的男人进来吧。您知道,您是无需害怕我的,但是,对于这些高贵神圣而未知的事物来说,单纯比才华更重要,祷告比惩罚更重要,因此这都是您力所能及的事。如果这一时的想法是我自欺欺人,那么请您消除我不安的想法吧,但是如果我说出了过去的真相的话,您可以保持沉默,要知道除了您以外没有任何人能做到。"贝亚特里切听了他说的这番话,低下了头,不安地交叉着双手。他继续说,他因为混乱的梦境而感到焦虑,仿佛还隐隐听见山谷中传来亡灵的歌声,他们在祈求得到怜悯。她无法回应这个不幸的人,也无法动弹一步,只得低声说:"仁慈的上帝啊!请您不要抛弃他!他曾经请求我,这让我到死也不能放弃!他是您忠诚的子民,而不是别人啊!"洛泰尔其实在说谎,既然在短时间内他无法等到她的回复,他便装作没有听见她的话,离开了这里。与他一起度过这个可怕夜晚的短暂一刻或许减轻了她当初的恐惧。

太阳刚刚升起,贝亚特里切就跑进了走廊,她的脸色非常苍白,披头散发，不禁令人生疑。清晨的第一缕阳光恢复了她内心的平静，虽然那个保证足以让她心绪不宁，却无法破坏这颗纯洁心灵的平和。她向城堡内的教堂走去，穿过一间宽阔的大厅，她就是在那里第一次与奥隆贝洛相遇，也正是那里依然悬挂着法西诺的武器。她怀着深切的痛苦向上天祈祷宽恕与和平，祈求奥隆贝洛能够熄灭对她的爱，她希望自己被所有人遗忘，这样她就能再次戴上圣母赐予她的象征贞洁的面纱。邪恶的费利波从不向上天祈祷，他相信，对他来说婚姻还是一件很遥远的事，他懂得如何隐藏自己不断变化的欲望。

天空被厚重的云层覆盖，夜晚再一次降临。冰冷的细雨敲打在紧闭的窗户上，贝亚特里切站在窗前，现在的她已不再惧怕。她疲惫地躺在床上，此刻困意战胜了恐惧。在这间没有任何装饰的空旷的屋子里，墙边的油灯发出黯淡而诡异的光芒，贝亚特里切非常讨厌它。就在这时，她被震耳欲聋的雷鸣声惊醒，油灯竟然自己熄灭了，在这伸手不见五指的黑暗里，没有一丝光线透进来，她仿佛感觉到一只冰冷的手轻轻地放在她的身上。从远处传来的悲伤的呻吟并不是梦境："贝亚特里切啊贝亚特里切！请你归还伦巴第的土地，归还这片土地的统治权吧。"这可怕的声音沉默下来，这正是圣马力诺城主临终时说的最后一句话。接下来的三个晚上，可怜的贝亚特里切听见这个声音不停重复着说："法西诺的领土将属于威斯康蒂，他的遗孀也会成为费利波的女人。"当贝亚特里切第三次听见这样的声音时，她再也无法忍受，立刻跑下床，尽力整理好她的袍子，然而胳膊和脚都露在了外面，她慌慌张张地跑了出去。这是她第一次单独去找威斯康蒂，完全忘记了自己寡妇的身份，她的脸上浮起害羞的红晕，湿润而美丽的眼里含着泪水，她说："费利波，我没办法在修道院以外的地方保持安宁，我请求您把修女找来，或者现在就让她们带我去找隐居在比纳斯科的老教士，我想向他请教未来的命运。"她气喘吁吁的声音停了下来，威斯康蒂看着她的衣角，不禁变得贪婪起来，这时不远处的洛泰尔赶紧跑来阻止他，他担心费利波过度的贪欲将破坏联姻的一切希望，于是他帮威斯康蒂回答道："尊贵的贝亚特里切，我们的主人不会阻止您做任何事情,您可以去您想去的河岸,去见那隐居的老人,如果您不嫌弃的话,我洛泰尔将永远是您最忠实的仆人。"费利波微笑着接受了这些骗人的恭维话,单纯的贝亚特里切也相信了他的话,终于平静下来。

一座山丘的斜坡上,长满了云杉和白蜡树,一条清澈见底的小溪潺潺流过。从弯曲的河岸上远远望去可以看见一座修道院。一间简陋的石头小屋里,独居的老教士正在安慰穷人和虔诚的信徒。门前有几棵树,周围长满了野草,镶嵌着玫瑰的篱笆后有一座神圣的祭台。老教士正坐在一块石头上,已是白发苍苍,看起来差不多已经八十岁了,天空散发的光芒映射在他深蓝色的眼睛里。他正直的意愿不会被任何东西诱惑,他把所有可能的幸福都给予了生活在这个不幸的世界里的人们。没有任何人能惊扰无法超越的上帝,但是洛泰尔却希望能够欺骗上帝。他停下滕达夫人骑的马,扶她下来,屈下双膝,将右手放在胸口,大声说道:"啊!沙漠的和平天使啊,为您而哭泣的洛泰尔把法西诺·卡纳尊贵的遗孀带到您的面前,我们被黑暗中前来复仇的鬼魂折磨,法西诺的复仇降临在我们的头上了。"他的眼中流下了虚伪的泪水,贝亚特里切苍白的面孔则被她真实的眼泪浸湿。她同教士一起走进这间僻静的小屋,将自己所有不确定的想法都告诉了他,还道出了她内心对联姻的不乐意。她没有谈论自己的爱情,因为连她自己也无法相信这份爱,但她还是说了许多不可思议的胡话,这是因为不管在清醒时还是在睡梦中,有关奥隆贝洛的记忆一直形影不离地跟随着她,一次又一次地在她的脑海里苏醒过来,她对此感到非常害怕。教士不知道上帝已经打开了通向悲惨地狱的大门,他不遗余力地向她解释这次联姻的好处,因为他觉得这是上帝慷慨赐予他们的礼物。他说,那些在夜间出没的鬼魂是从污浊的思想里诞生出来的,这场婚约是为了使动荡的伦巴第获得持久的和平,贝亚特里切的忠诚很大程度上都不属于她自己,只有费利波才能使她从痛苦中完全解脱出来,因此她的唯一出路就是与他结婚。

教士的话虽然使她感到痛苦,但却是非常真诚的。突然间,这间古老小屋的墙壁迅速地摇晃了一下，不知从哪里冒出来的一簇火苗点燃了屋顶上的茅草。老人匆忙跑到门前，把门打开，一副非常骇人的景象呈现在贝亚特里切的眼前。一个高大的白色鬼魂耸立在原本教士坐着的那块石头上，他正缓缓地从玫瑰篱笆的后方升起，她清晰地听见他用那可怕的声音反复哀叹着："贝亚特里切啊贝亚特里切！请你归还伦巴第的土地，归还这片土地的统治权。"

唯一真正不害怕的人就是一直在这里独居的教士，他眼睁睁看着自己从儿时起就居住的小屋在火中痛苦地呻吟，洛泰尔却为这出乎意料的惊吓而感到紧张不安。老人和蔼地说："如果您是法西诺漂泊的灵魂，如果您想得到安宁，我现在可以毫不犹豫地给您答复，但我要问您，您知道我是谁吗？我是幽灵还是活生生的人？您正在和谁说话？""我在和伯尔加多的阿尼奇诺说话。"一个可怕的声音这么说道。一阵长长的低语在空气中不停回响着："阿尼奇诺！阿尼奇诺！"

老人从来没有像现在这么害怕过，他在心里默默地祈祷，紧紧抱着自己的双臂，似乎想要保护自己，心底发出无声的呐喊。接着，这令人毛骨悚然的景象消失了，大火即将燃尽，最后的一丝火星儿也熄灭了，墙壁瞬间崩塌，屋顶也化成灰烬，一切都是如此寂寥而又如此恐怖。

洛泰尔把奄奄一息的贝亚特里切扶上马，他自己也全身无力无法动弹，说不出一句话来，他发现这位高大而尊贵的贵族竟然变成了鬼魂。教士回过神来，突然预言道："如果推翻法律的愿望不属于正义的权力，这个世界将无法改变，如果人类的艺术欺骗了我，复仇的神灵啊，请您将您的怒火降在那些渎神的罪人头上吧。他会遭受我呼唤来的所有大火。我将把蔑视神的人当作魔鬼，并处死他们。"洛泰尔听见这番话，浑身颤抖着跑开了。

很多年前，这位年逾八旬的老人拥有很大的权力，然而他一直害怕外国宫廷的势力，那时他是法西诺·卡纳的对手，但是阿尼奇诺的名字可以令国王感到恐惧的年代已经过去很久了。那位勇士曾被卡斯特拉蒙蒂的巴纳勒托打败，后来被关进了监狱里，但是法西诺·卡纳却推翻了卡斯特拉蒙蒂的统治，并把他从铁塔里放出来。阿尼奇诺没有再重返战场，不幸引导他开始深刻思考，思考使他拥有了更大的希望。他请求法西诺赐予他一个秘密的隐居处，并将这个秘密一直保持下去。法西诺接受了他的请求。人民遗忘了他们的英雄，因为对于他们来说，过去无法一直持续下去。而他则安静地离开，默默地等待生命的终结。

接下来的三天里，威斯康蒂虔诚地重修了这间小屋，秃顶的教士在这被烧焦得倒塌了的石墙里，再也没能睡上一个安稳觉。

所有人都知道，接下来的这三天里，滕达夫人度过了三个非常难熬而痛苦的夜晚。当她把自己关在房间里时，她会听见从沉默的墙壁内传出濒死般的呜咽声。她偶尔会从房间里出来，然而她好像是被某种令人恐惧的狂热推着行走，迷失在黑暗里，每一条过道似乎都发出宣判死刑的声音。就这样，神秘的幽灵居住在城堡里，它们不时出现在阴沉的地下室里，缓缓移动着，没有在它们经过的废墟上留下一丝足迹。天黑之后再没有人敢在教堂里守夜，同样的呜咽声、瞬间即逝的幻影一直跟随着她，也没有人敢接近被亵渎的圣坛。到处都充斥着深不见底的恐惧，熄灭的灯，摇晃不稳的脚步，一切都几乎令她窒息，她再一次听见那个声音不停地说："贝亚特里切啊贝亚特里切！请你归还伦巴第的土地，归还这片土地的统治权。"

到了第三天，心存感激的阿尼奇诺来到了比纳斯科城堡。他不期望能见到城堡主，他内心对别人的态度依旧是很自负的，这种想法使他无法真正接近威斯康蒂，但是他却无法逃避这次拜访，他被带到了那间悬挂着两把宝剑的华丽大厅里。费利波的神情显得很悲伤，似乎在沉思些什么，但还是非常礼貌地迎接他："阿尼奇诺，我久仰您的大名，我不知道原来您竟然还活着，您知道我独自在这里生活之后，每天半夜时分，总会有一位武装齐全的士兵出现在我紧闭的门前，他脸上戴着面甲，然而那双深深凹陷的眼里却闪烁着骚动的热情，那是我在任何活人的眼里都从未见过的，他的盔甲闪耀着棕色的光芒，右手握着一把出鞘的宝剑。阿尼奇诺！我的教士啊！他一定就是法西诺·卡纳！看来那并非是梦境，他曾经与我说起您的事，绝不会有任何一个人能发出那样的声音。在那些难眠的漫漫长夜里，他把您的名字告诉了我，他说在临死之际，他会把一些东西交给我，一是需要我维持的领土，二是他希望我迎娶一位新娘。我不知道那可怕的幽灵是否在说谎，我很难相信这件古怪的事情，只有您能为我找出事情的真相。尊贵而诚实的滕达夫人马上会到这里来，她是绝不会说谎的，她的愿望也十分坚定，因为那是在圣马力诺城主死去的床边许下的诺言。如果夜里的鬼魂不是真的，那么我们就安心了。这个世界上无论怎样的爱情都不能让我强迫贝亚特里切的意愿，但是不可阻挡的命运却把我和她连接在一起，为了迎接美好的未来，现在就应该做好准备。"

威斯康蒂做了一个手势，慌乱的贝亚特里切立刻走了进来，她被黎明时分悲伤的景色唤醒。威斯康蒂懒懒地说："教士先生，现在轮到她了，请您坦率地回答，我将遵循上天的旨意。"沉思的教士说："贝亚特里切，不幸而忠诚的贝亚特里切啊！您在法西诺·卡纳临死之际向他郑重发誓一定会遵从他的愿望，如果威斯康蒂请求您，您会拒绝与他结婚吗？"她不禁四肢战栗，体内的每一根血管仿佛都在颤抖，过了好一会儿，她说："从我年轻时起，我就一直被关在这些塔楼里，那时候这里非常安静，我也不太明白婚姻和爱情究竟是什么。因此如果是在那些日子里，我不会害怕威斯康蒂的年轻，也不会为自己无法避免的衰老而感到恐惧，然而现在我已经过了三十五岁了。在熬过这么多年荒凉的生活后，在无休无止的焦虑中，在无数个失眠的夜晚和无尽的恐惧里，神赐予我的面纱应当遮住我这个寡妇的面孔。"费利波咧起阴险而恶毒的笑容，洛泰尔赶紧偷偷向他递了个眼神，贝亚特里切向他求助，因为她对现在的场面感到十分害怕。滕达夫人话音刚落，教士早已泪流满面，他说："是的，这千真万确，您许下的誓言是不幸的，而我也将不幸地为它作保证。唉！我主人的遗孀啊！如果您无法摆脱威斯康蒂，请不要忘记您的诺言，请不要再那么慷慨了。"费利波姿态恭敬地向她走去，他的脚步缓慢而不动声色，表情非常冷淡,他说:"滕达夫人,法西诺不幸的灵魂经常向我谈起您,以及您心中保存的对奥隆贝洛过于强烈的记忆。其实我不想提起这件几乎可以被称作通奸的事情,尽管在我心中您一直是忠诚的代名词,但是对我来说奥隆贝洛的愿望是显而易见的,所以我必须与您结成夫妻,这样您的美德才能保持下去,即使您心中充满对奥隆贝洛的爱恋,我还是请求您,我还是渴望同您在一起。"贝亚特里切惊讶得合不拢嘴,同时又感到非常羞愧,费利波就像什么也没有看见一样,转身对教士说:"这位就是我的新娘。"

贝亚特里切内心的焦虑没有逃过教士的眼睛,他为她求来了最后一天完全自由的生活。对于这样的一天,费利波依然不敢放松警惕,他暗地里叫来了阿达尔贝托·滕达,阿达尔贝托无法拒绝他的请求。清晨,天空中散落着几颗星星,它们躲在潮湿的云层后,散发着最后的微光,这时军号声响起,吊桥降下,阿达尔贝托的到来唤醒了沉睡中的费利波。费利波不具备吸引他的品德,因为在他看来,费利波其实是非常软弱的人。

阿达尔贝托老练的威胁中混杂着希望,他必须做出选择,尽管选择是痛苦的:战争或是联姻。他说起幸福的未来、紧密的联盟以及必不可少的防御,滕达伯爵没有明说这几件事的关键之处,而是说了很多自己的事情,他几乎没有提贝亚特里切,更没有说到感情的事,他谈论的是王公贵族相互间的利益。威斯康蒂并不关心平民的幸福。他在这儿停了下来,但他说不稳定的权力会阻止革新和进步,毁灭人类天生的美德。听了这个不公平的劝说,威斯康蒂很高兴,他的灵魂如此的懦弱,他希望能安定地当政,却不愿用自身的力量实现他的愿望。贝亚特里切见到她的叔父,非常激动,然而他已经不是从前那个能够给予她怜悯的人了。

阿达尔贝托、贝亚特里切同威斯康蒂一起坐在饭桌前,阿达尔贝托怀着极大的希望想象着未来,而贝亚特里切却对这一天的结束充满了恐惧,这时,费利波毫不避讳地提起奥隆贝洛的名字。阿达尔贝托立刻机警地回应说,奥隆贝洛作为文帝米莉亚的主人,曾经与普罗旺斯的女伯爵有一段愉快的往事，他不仅总能取得马上比武的胜利，在爱情方面也是赢家。他补充道，或许他还常为她唱那首有名的情歌。接着他就低声哼唱起来，可怜的贝亚特里切清楚地听见了以下的歌词：

> 行吟诗人内心满怀
> 最为甜蜜的希望，
> 爱情只有从泪水中
> 才能生根发芽，
> 你的羞涩如此生动，
> 守护着他，
> 他感受到你的爱。

听见这段歌词，她的心中充满了痛苦和忧虑，一直以来她完全信任他，她将爱情小心藏在心里，现在这颗心却受到如此沉重地打击，她晕倒过去，一直到太阳下山才恢复知觉。走廊的入口处，大蜡烛闪烁着晃动的光芒，大厅里装饰着鲜花和华贵的地毯。挥霍掉的过去、城堡里的鬼魂以及奥隆贝洛的不忠都使她无比痛苦，所有发生在她身上的一切夺走了她内心的勇气以及对未来的希望。她完全相信她的叔父，而事实上他却是个很狡猾的人，尽管他认识费利波的时间也很短。她一点儿也不想结婚，然而却无法反抗，现在她被带到圣坛前，她觉得就像被带到坟墓里一样。在这座她曾与奥隆贝洛相见的教堂里，她嫁给了威斯康蒂，然而她内心的悲伤永远不会消失，他们在一位陌生的神父面前宣誓，而不是他们熟悉的老教士。

接下来的几天里，她从糟糕的状态中恢复了过来。她开始考虑，之后几十年的时间里，她或许会一直在这可怕的命运中生存，阿尼奇诺来了，但是一切都已经太晚，他原本无尽的同情被惊讶取代。威斯康蒂的新娘走了下来，教士建议她保持顺从的美德，爱情是必要的，过去的事情就让它过去吧。结婚的第三天，费利波已不再像一开始那般狂喜，因为首先为了得到她，他需要花费的功夫让他从美梦中清醒过来。贝亚特里切保持的简朴的习惯以及腼腆的性格让费立波一直碰壁，唤起热情是好的，但将它维持下去却是无益的。他们之间不仅习惯、年纪差距悬殊，内心的想法和愿望更是背道而驰。在过去的这些天里，尽管善变的费利波没敢表现出明显的不忠，但至少心里也有短暂的期待。贝亚特里切要求不可以举行任何比武活动，不能举办任何宴会，她遵守了那个永恒的誓言，遗憾的是贝亚特里切已经不能再为自己的意愿做主了。到了第四天，威斯康蒂为她带来一件紫色的长袍，上面缀满了闪耀的宝石，她应当换下那件寡妇穿的衣服。费利波非常确信，在圣坛面前，贝亚特里切已经将自己的忠诚奉献给他，她所有的意愿和思想，尽管不是全部的感情。邪恶的人习惯于美德的缺失，他们总是利用别人的善心显示自己的权威和诚信。

　　法西诺·卡纳尊贵的遗孀穿上了紫色的长袍，眼里含着泪水。这些装饰使她依旧没有褪色的惊人美丽第一次呈现在人们眼前，原先散乱的头发用金色的发网盘起，摘下面纱的脸庞格外纯净，新婚的宝石垂在她的额前，闪烁着耀眼的光芒。她没有要求她的丈夫这么做，因为他的想法随时都会改变，她忠实地服从他，原因可能更多在于她无法真的爱他。他风华正茂，然而他们之间缺乏爱情以及相似的灵魂，天真的贝亚特里切觉得自己被邪恶而虚伪的费利波拒绝了。费利波向宽敞的围栏走去，一座华丽的宫殿高耸在那里。普罗旺斯的骑士跟在阿达尔贝托的身后，威斯康蒂带着十个伦巴第人，他们骑在马上，准备开始比武。

　　服侍贝亚特里切的侍女们把高高的走廊装饰起来，到处充满了节日的气氛，所有的人都比她更开心。其实所有人与她的美貌相比都显得逊色，尽管一些人比她年轻得多。威斯康蒂看着这美丽的走廊，眼里充满了不安分，或许在婚礼的第四天他就已经锁定了贝亚特里切的新情敌。比武开始了，竞争并不激烈，这时栅栏突然被打开，一个驾着白马的骑士闯了进来，那正是贵族小姐们经常骑的那种马。

　　所有的战士都无法躲开这位不知名的骑士的攻击，纷纷落下马背。阿达尔贝托动也没动，因为对他来说，即使假装辛苦也是件很累的事情。但是当威斯康蒂看见他亲爱的洛泰尔也被打倒在地时，他压低自己的面盔，抓起长矛冲进了竞技场。在那个好斗的年代里，在骑士间的比武中获得胜利是极大的荣誉，尽管这将在邪恶的君主和一位普通人之间进行。威斯康蒂在原地等待那位不知名的骑士，突然间他飞奔过去。第一回交锋中，他的长矛就被折断了。他们手中拿着用来较量武艺的剑，开始了一场漫长而精彩的战斗。最终费利波结束了这场角逐，对手的头盔掉了下来，露出一头长发，她的面甲也破了。所有人都发现这张面甲下并不是一张凶恶的脸，而是里克特女伯爵美丽的面容。

奥林匹亚·里克特的眼中还闪烁着怒火，她仍然保持着英勇的姿态，然而她的嘴角已经浮现出温柔平和的笑容。刚才的重重一击使她躲闪不及，摇晃着跌落进费利波的怀里。费利波动作轻柔地抱住她，心中不觉对她产生了赞美之情，或许是爱情。当他发现她还是独身时，他立刻把自己刚刚结婚这件事抛在了脑后。费利波是一位非常强大的骑士，同时也是大权在握的君主，她与滕达夫人完全不同，他无需花费力气琢磨她的心思。她优雅地屈膝，将她的宝剑交给胜利者，他很有礼貌地扶起她，为她重新戴上盔甲，说："新城堡的胜利者啊，我不是卑鄙的人，我不是蒙菲拉托侯爵，我知道现在您在等待阿尔卑斯的萨鲁佐先生，我能理解您的这把剑以及您军队承载的希望，请拿回这把剑，今后让它在战场上战无不胜吧！就像您的美丽可以征服所有人一样。"她认真地听完这番话，大胆地说："现在每一场胜利都是有把握的，因为我是属于您的骑士。"他们两人的心中都燃烧着对爱情的狂热和妄想，在如何统治伦巴第的问题上，她发现自己与威斯康蒂的想法不谋而合，他也在自己以前一直变幻无常的感情里发现了与众不同的东西。

奥林匹亚刚满二十五岁，没有一个人不为她比武时的美丽英姿所倾倒，她拥有非常高贵的诺曼底血统，是里克特伯爵的独生女。她从小就接受同男孩子一样的教育，后来她失去了双亲，一个英国人带她离开她出生的城堡，这个人就是阿达尔贝托。她接受了他，在阿达尔贝托的旗帜下，她加入了军队，这样她遇到过很多诺曼底和加斯科尼的冒险者。她的强大已经传到了皮埃蒙特的农村，比萨尼所有城镇里的人只要提到她的名字都会害怕得浑身发抖。这种漂泊而艰苦的生活使她感到疲惫，她热切地盼望崭新的生活。第一次见到费利波的新娘时，她无法掩饰自己内心的怒火。她没有离开比纳斯科，因为尽管与阿达尔贝托分离，她还是参加了比武后的宴会，这座寂静的城堡完全改变了它原本的面貌，她好像是这里唯一的女主人一样。贝亚特里切住在这座华丽城堡的偏僻角落，对此她从未抱怨过，然而她再也无法忍受夜晚幽灵的折磨，无法忍受焦虑带来的痛苦。教士唯一能做的就是安慰她，而且他可以忽视这些幽灵，不像贝亚特里切那般在意。喧闹的比武还在进行，在这间被遗弃的屋子里，不幸的贝亚特里切正痛苦地哭泣。

正午时分，灼热的阳光下，阿尼奇诺坐在城堡边的一棵白蜡树下，贝亚特里切在他身边，两人都一言不发，空气中充满悲伤的气息，她不禁回想起刚刚他们谈论的过去的那些日子。一个正在唱歌的行吟诗人向他们的方向走来，耀眼的阳光映照在被他棕色的头发稍稍遮住的脸上。贝亚特里切看到这过于相似的场景，心跳不止。行吟诗人伸出左臂，抬起他玫瑰色的斗篷，斗篷下隐藏着骑士的武器，他弹起古提琴，熟悉的旋律响起，这正是在上一次的宴会里阿达尔贝托唱的那首歌。

  翠绿的柳树上方
  镰刀似的弯月悬挂在夜空，
  泻湖中荡漾着一幅美好的图画；
  细流蜿蜒，
  孕育出对爱情的渴望。

  这河流是如此清澈，

在骄阳似火的正午，
美丽的少女
和游吟诗人
都在寻找，
被沉默掩盖着的
宁静与神秘。

翠绿的柳树远远看见
勇士回到这里，
他命中注定的地方，
他唱着美妙的歌曲，
发誓会给她幸福。

而憔悴的你，
那双深蓝的眼睛，
如果在柳树间仔细倾听，
微风的吹拂中
它们正沙沙作响，
微风呜咽着说：
他就要来了！

被绞死的他就要来了！
他很想来，
如果你爱他，
翠绿的柳树
弯曲的小溪
或是发亮的银币；
银币象征着爱情
也能招来强大的敌人

唯有爱情永恒不变
古老而神秘：
你的名字将保存，
行吟诗人的希望和灵魂。

唉！在那悬崖上，
你的心中藏着一座未驯化的城堡：
它高高耸立、大门紧闭，
厚重的城墙
无论何时都无法攻陷。

至少请你听
那远远传来的歌声：
过去的这些年
被泪水浸湿的岁月；
深刻的爱情折磨着我，
他会告诉你吗？
只剩你一人的日子如此痛苦，
你想一直在这座武装的城堡里吗？
这一切从未停止，
有人会倾听我忠诚的爱吗？

你被悲伤笼罩，
无止境的不幸，
那个人夺走你的心，
却不幸死去，
请别再听下去，这一切何其悲惨！
行吟诗人也不禁痛不欲生。

行吟诗人内心满怀
最为甜蜜的希望,
爱情只有从泪水中
才能生根发芽。
啊!他终于回来了!
你的羞涩如此生动,
守护着他,
你将获得怜悯。

棕色的塔楼依旧高耸着,
他将听见:
当镰刀似的弯月
在空中孤独地闪烁,
那热闹的喧嚣声
不断回响。

　　行吟诗人慢慢向他们走来,唱完这首歌后,他走到了贝亚特里切的面前。教士没认出奥隆贝洛,尽管他曾见过他几次,直到听见贝亚特里切呼吸困难地喊道:"奥隆贝洛!奥隆贝洛!"谨慎而仁慈的老人意识到了什么,急忙抓起她的手,温和地把她拉到小路上,她一边说话,一边几乎被他拖到了铁桥边:"安慰我的人啊!我唯一真正的父亲,就算天空和大地都会欺骗我,您也是不会骗我的,那首歌不是献给普罗旺斯的女伯爵的,而是献给可怜的我的,他的心也是属于我的。在这个世界上也有深爱我的人,我知道我再一次爱上他了,天哪!可是现在我已经和别人结成夫妻了。我将在无限孤独的寂静中死去,我为您感到难过,您对我来说是非常珍贵的人!"教士带她来到圣坛下,他苍白而衰老的脸已被泪水浸湿,颤抖的手紧紧握着贝亚特里切的手,他向她描述上帝的仁爱和怜悯以及未来更好的生活。他安慰她说,未来的生活至少会比她原本的生活好,这些话让她安静下来。他又对她说，她今后的生活里将没有任何不幸，会一直充满安宁。他花了很长时间与她说这些道理。后来，他离开了教堂，留下她独自一人，这个女人依旧沉浸在致命的幻想里，此刻她感受到如此美妙的平静是任何权力都无法给予的东西。

贝亚特里切想，她为感情付出的巨大牺牲也许不再那么可怕，奥隆贝洛一直远远地跟在她身后。她是如此的深情而单纯，无数的回忆涌上他的心头，在这里，她曾与他交谈，她曾偷偷看他。他记得她的声音，记得她说过的每一句话，这一切都令他激动万分。他得知威斯康蒂已经成为比纳斯科城堡的主人，但是他仍旧怀疑已成定局的婚姻的真实性，他遇见了狡诈的洛泰尔，他没有要求拜见比纳斯科的主人威斯康蒂，因为没有他的同意，贝亚特里切就不能来见他。洛泰尔确定地告诉他，阿达尔贝托已经不在比纳斯科了。

走进放着武器的厅房，他的泪水不由得夺眶而出，因为留存在这里的记忆竟还是如此鲜活，看见普罗旺斯美丽的女骑士正与费利波亲密地说话，他感到非常吃惊。这幅景象或许是费利波美好未来的保证，他问起滕达夫人的事。

费利波的脸上带着嘲弄的笑容，言语间透着无人能够反抗的君主威严，说："你不是比纳斯科的人，所以你可能不知道我的名望。我拥有这样的名声，不仅仅是作为一个强大的骑士，还因为我是国王的侄子，而你现在却变成了一个卖紫袍和银杯子的行吟诗人。"奥隆贝洛内心的惊讶和愤怒已经达到了极致，他再也无法克制自己的怒火，回答道："当我为你的错误感到愧惜时，神灵已经将智慧赐予我。如果你那么想知道的话，我可以用这把剑告诉你谁才是国王真正的侄子。但是占据我内心的不是愤怒，所以我没有必要揍你，对我来说你只是个放肆无耻的人罢了，我真想让贝亚特里切看见这一幕，现在，快回答我，你到底想要什么？""是啊！"威斯康蒂依旧轻蔑地笑着，奥林匹亚的胸甲上挂着绶带，金色绿色相间，他开起玩笑："你完全可以一开始就说出这个名字，这样的话我立刻就能明白，因为我当然知道这个名字。"费利波这么说着，站起身来，领奥隆贝洛来到一条被装饰得很热闹的走廊,说:"你一定很惊讶吧,强大的骑士,当你看见那个一直穿着黑色衣服的寡妇换上了绣着金丝的亚麻衣服,你一定感到非常不可思议吧,但是你知道,是贝亚特里切自己希望这样的。她改嫁了,因为如果违抗法西诺·卡纳的遗愿,伦巴第的领土就无法得到安宁。现在你还想听我对你说些什么呢?"

这样的谎言对这位傲慢的自夸者来说似乎也有些困难了,但他还是继续说着:"不等我要求,她就自愿对我投怀送抱,对我来说,她几乎像我的母亲一般。我想拒绝这个能与她发展成更甜蜜的关系的机会,然而我不敢。当然了,我从未追求她,也从不渴望得到她,我处处尊敬她,严格的传统克制着我,当然她的年纪对我来说也未免太大了。""你说谎!"奥隆贝洛快要因怒火失去理智了,"你说谎!在我为她洗刷名誉之前,我绝对不愿见到她。她是你的新娘,这对我来说就像一场灾难。如果她是属于你的,那么一定是你卑鄙地欺骗了她,因为用光明正大的方法你是绝对做不到的。"说到这里,他的脸上混杂着狂躁和羞耻,嫉妒和暴怒的情绪,就这样他抽出了剑。强大的威斯康蒂从来不会拒绝一场决斗,即使现在的局面是他自己一手造成的。

马上比武结束后,又一场战斗开始了,从局面上看威斯康蒂似乎已经赢了。这场竞争是如此激烈,武器碰撞发出的雷鸣般的响声,盔甲被击碎的声音,以及一次又一次的打斗,所有的一切都像是最后的一击,似乎在向人们宣告这两位同样勇猛的首领之间,必将有一人在这里命丧黄泉。洛泰尔这个叛徒正偷偷躲在一边,他一直远远地守护他主人的安全,因为他害怕仅仅一个瞬间,他今后生活的希望就会全部毁于一旦。这时,奥隆贝洛的手臂被刺伤,鲜血从伤口处流下,但他已经找到了对手的弱点,他依旧不断猛烈地攻击对方,并不断变换招式,而另外一人看上去已经注定要输了,只有对方死去这场比武才会结束。威斯康蒂拿着武器抵抗着,在某种程度上,他的生命完全掌握在奥隆贝洛的手里。

洛泰尔看见这样的场景,非常害怕,他是个对荣誉名声无所谓的小人,他看见费利波正处于如此危险的争斗中,准备做些卑鄙的勾当。他想象着奥隆贝洛成为了滕达夫人的丈夫和伦巴第的主人的场景，他一动不动地盯着他，仿佛看见了奥隆贝洛对他的报复，如果将来他宣布了自己的胜利，洛泰尔将失去名誉、财宝以及国家，就是这一瞬间的念头，他冲向奥隆贝洛，把匕首深深插进他的胸膛，反复三次。他跪在沾满鲜血的地上，将匕首交给残忍的费利波，说："我的主人啊！请您惩罚我，但也请您继续统治我们的领土。"

这突如其来的变故让威斯康蒂始料不及，然而他想到结果毕竟是好的，仇已经报了，在交锋中也活了下来，更重要的是他对这里的统治将永远不受到任何威胁，这些想法使他不由自主地高兴起来，于是他回答说："你这种做法太卑鄙了，这个国家竟然是用这种卑劣的手段得到的，太可恶了。"之后他再也没说别的，也没有做任何事，洛泰尔得到的惩罚也只有那几句话而已。

奥隆贝洛静静地躺在沾满自己鲜血的地上，他垂死的双眼似乎快要永远合上了。虚伪的威斯康蒂几乎不带一丝怜悯之情地转过身，对挤在走廊门口的人群说："这是一场痛苦的胜利。是他故意激起我的愤怒，是他要与我兵戎相见的，我无法拒绝，因为我是一名骑士。他躺在这里，我只能徒劳地为他感到悲哀。虔诚的教士马上就会知道，文帝米莉亚的主人最后的遗愿是希望得到怜悯。请你们把奥隆贝洛送去比纳斯科的教堂，有位老人经常在那里守夜，让他尽可能地为奥隆贝洛疗伤。请你们把我的罪行告诉那位神圣的教士，也把我的绶带交给他，为了我，请你们永远记住他。对阿尼奇诺来说，他是个外乡人，这并不是多么光荣的事情。"

贝亚特里切手下的四个伦巴第士兵手持长矛，面朝地面，慢慢地拖着奥隆贝洛的胳膊向前走，他们都曾经在法西诺·卡纳的麾下，在战场上光荣地杀敌。就这样，他们来到大理石砌成的教堂前，刚刚就在这里，教士丢下沮丧的贝亚特里切一人离开了。她把脸靠在冰冷的大理石墙面上，那正是法西诺·卡纳的象征，她与那沉默的废墟谈起奥隆贝洛的事，一想到他，她就陷入了狂喜的甜蜜中，她想知道一切有关他命运的结局，无论是飘荡不定的生活还是情不自禁的爱情，然而不会说话的土地无法回答她的问题。她听见士兵们的脚步声，转过头，没有认出奥隆贝洛，她看见这出殡的阴沉景象不禁浑身颤抖。她直起身，走向他们，想打听去世的是谁，这时，她认出了那双紧闭的眼睛，依旧微张着的嘴仿佛还在呼吸生命的最后一口气。她的痛苦无法用言语形容，她说："我才是那个该受到惩罚的人，可是你，为什么是你呢？"她浑身冰冷僵硬，似乎再也感知不到任何东西。她闭上眼睛，把手放在奥隆贝洛的心口上。教士从教堂里走下来，威斯康蒂和凶恶的洛泰尔跟在他的身后，站在门口。几个随从和他们一起走了过来，看见威斯康蒂的到来，四个士兵立刻退下，贝亚特里切看也没看他一眼，甚至她根本没察觉到他的到来，那时她也没有意识到威斯康蒂是那场决斗中活下来的人。她只发现了浑身哆嗦的老教士，她死死地盯着他，突然间她一跃而起，声音里充满了希望和爱恋："他还活着，他还活着！他的心脏还在跳动！他的心是我唯一想要的东西，也是唯一为我而跳动的。教士啊，我请求您和上帝，请唤回他的灵魂吧！那是我独一无二、永远不变的真爱啊！"教士想阻止她说话，但是谁又能阻止得了她呢？她的嘴角抽动着，内心的激动无以言表。教士匍匐在奥隆贝洛脚边，为他擦去从伤口处流下的血，尽管没有人会关心这些伤口。他希望费利波不要谴责她的背叛，然而他渴望能够跟随那个已经无法再危害他的人一起死去。邪恶的费利波听到他不忠的配偶说出这样一番话，感到非常羞耻，他转过头四处张望着，生怕被别人听见。那座教堂里总是有很多好奇的平民，是他把他们叫来的，而现在他很害怕周围的目光。

　　老人徒劳的关心只增添了他的痛苦，但是他的哭声和眼泪没有白费。奥隆贝洛迷惘的双眼又睁开了，他的嘴唇颤抖着，说出自己最后的遗愿，他请求得到仁慈上帝的宽恕。贝亚特里切也安静下来，再一次沉默，因为在她的心里，信仰的意义以及奥隆贝洛今后在天国的幸福是排在第一位的，这是她活着唯一能做的事了。教士一边落泪一边为文帝米莉亚的主人祈祷，周围的一切如此安静。奥隆贝洛死去了。

　　贝亚特里切把奥隆贝洛的死亡谴责为一场谋杀，狡诈的洛泰尔把这些话刻意传播出去，平民们都得知了这个消息。"您打算怎么办？"他问威斯康蒂："在天堂拥有权威的人难道能反对您吗？您能够得到她，但是之后您是不会幸福的，因为她对于这些易变的平民有一颗仁爱的心，她永远渴望她得不到的东西，她将一直思念那个已经死去的人，但这却是无罪的，她连最轻微的瑕疵都无法忍受。她将利用您获得自己的名声。她已经是您的女人了，您只要知道如何抛弃她就行了，您只要拥有统治权，就能牢牢地掌握她。您从贝亚特里切那里得到了公国，接下来从奥林匹亚那里，您可以得到有利可牟并拥有声望的婚姻。贝亚特里切失去了希望和生气，然而她不会拒绝躺在婚床上，因为她不是一般的女人。对于不同的生活以及不同的快乐，您的心应该已经很疲惫了。难道您想听人们说威斯康蒂的新娘其实是个欲求不满的淫妇吗？但是她没有受到任何惩罚，尽管她说的话已经宣告了她的罪行了。"

他用这样的话语诱惑威斯康蒂。其实威斯康蒂并没有那么恶毒，尽管他从来都不是正直而善良的人。他的话点燃了威斯康蒂内心对奥林匹亚的欲念，最终费利波决定按洛泰尔说的那样判处贝亚特里切死刑。洛泰尔的建议自然是原因之首，而他自身也早已对贝亚特里切的眼泪感到厌烦了，如果不这么做他必定终身都要和她的眼泪一同生活，或许还因为他想消除一个被平民爱戴的竞争对手。这一切使他下定了决心。

贝亚特里切被带到一个偏僻的院子里，这里荒无人烟，四周的墙壁都是黑色的，连处刑台也是黑色的。她一来到这里就明白了自己即将到来的命运，而她以前从来都不知道。在她临死前，威斯康蒂都不愿意见她一面。她最后只有两个请求，她想见一直给予她安慰的教士，还有就是她想要回从前一直扎在头上的寡妇饰带。

她重新换上她以前的衣服。教士已经因为悲痛而说不出话来，他把那张棕色的面纱还给她，她伸手接过，边亲吻他边说："我的教士啊！这条头带是永远不会抛弃我的，我已经很高兴了。教士，现在请您记住我爱的人只有法西诺·卡纳，唉！我总会看见奥隆贝洛那双沾满鲜血的眼睛。您觉得仁慈的上帝会原谅我吗？他会把我从这个可怕的景象中解脱出来吗？我们灵魂里萌生出的最纯洁的爱情将无法再次永恒地结合吗？教士，您不愿意回答我吗？唉！请您原谅我一时的发狂。威斯康蒂其实知道我绝不可能是罪人，他是知道的，所以请您原谅我，请您宽恕我，这样我就不会担心上天不原谅我了。"说完这些，她沉默下来，教士依旧在为她的安宁祈祷。这时，行刑的双刃斧落下，她美丽的头颅掉落在脚边，她的面孔被死人般的苍白笼罩着。费利波与一群人在一旁流泪，然而他们非常害怕阿尼奇诺雷鸣般的声音，他举起行刑台上贝亚特里切的头颅，说："正义的上帝啊，您真该受到诅咒，您将多少无辜的人判处死刑，您给我的残忍的建议更是该死啊！"

洛泰尔很久之前就从法西诺本人那里得知，拥有强大权势的阿尼奇诺至今一直生活在林间的修道院里，因此他把这个消息透露给了威斯康蒂，但是他相信阿尼奇诺早已不再拥有原本的名号、声誉以及才能，洛泰尔并不关心他这些年来默默无闻的生活。周围的人们都在窃窃私语，他心里卑鄙地想同样处死这位年老的教士，但这次他的愿望落空了。威斯康蒂非常愤怒，过去的岁月里受到过的威胁，以及现在突然涌上心头的道德感和对他而言依旧非常重要的名誉，所有的这一切阻止他继续作恶。对于神灵的报复，他感到一种莫名的恐惧，如果不是在盛怒或热恋中，恐怕他心中的恐惧从未离开他。

因为这莫名的恐惧，他把洛泰尔关进了漆黑的塔楼，仿佛把他当作赎罪的牺牲品，他想把他交给神灵们处置，以平息他们的怒火，从而使自己逃脱上天的惩罚。他还谴责洛泰尔的忘恩负义，是他诱导他的主人走上邪恶之路，所以这是他应得的报应。威斯康蒂沉浸在对过去的懊悔和与奥林匹亚的新恋情中，就这样他渐渐忘记了洛泰尔的事。洛泰尔现在只求一死，他从威斯康蒂那里得到的最后的礼物是一瓶毒药。

老去的阿尼奇诺再次回到森林里，重新过上隐居的生活，他一直活在对贝亚特里切的回忆里，终日泪流不止。费利波统治了比纳斯科很多年，取得了很多胜利，但是由于这个可怕的事件，他成为了有名的暴君。他统治那些戴着铁枷锁的平民，他瞧不起他们，但也惧怕他们。长久以来，伦巴第的人民不得不艰难地生活，他们默默为他效力，同时也从心底憎恨他。威斯康蒂的记忆也渐渐变得模糊不清了，他似乎看见那些可怕的鬼魂，不论何时何地，贝亚特里切的魂魄一直跟着他，晚上他经常从梦中惊醒，听见窗外传来奥隆贝洛可怕的喊叫声。他住在一间偏僻的屋子里，却还能听见教士对他的诅咒。他试图通过新的生活抹去从前的记忆。

后来，因为看见他毫不留情地杀死贝亚特里切，伦巴第的平民们推翻了他们的君主，这位常胜将军终于尝到了失败的苦果。对于自己的厄运，费利波自然很愤怒，但另一方面他也蔑视自己的命运，然而一切都已经无法补救了。他死了，被所有人抛弃，没有留下一子半孙，他临死时手里还紧紧握着威尼斯的武器，他还想拼命抓住统治这个国家的权力，命令他的人民为他哭泣，然而已经没有任何人会听从他徒劳的命令了。

闹鬼的屋子

［英］弗吉尼亚·伍尔夫

翟国欣 译

无论你几点钟醒来，总有关门声。他们手挽着手，从一间屋子走到另一间屋子，掀动这里看看，打开那里瞧瞧，四处查看着——他们是一对幽灵夫妇。

　　"我们把它放在这儿了。"她说。他则补充道："哦，可是这里也放过！""在楼上。"她喃喃道。"在花园。"他轻声低语。"小声点儿，"他们说，"不然我们会把他们吵醒的。"

　　可吵醒我们的不是你们。哦，不是。"他们在找它，他们在拉动窗帘。"某人会这样说，翻翻书，读上一页或是两页。"现在他们找到它了。"某人也许很确定，铅笔停顿在空白的页边上。然后，他读得疲倦了，会站起身来，亲自到四处去查看。房子里空荡荡的，房门依旧敞着，只有林鸽在满足地咕咕叫着，还有农场里传来打谷机的轰鸣声。"我为什么要来这里？我想找什么？"我的两手空空如也。"那么，也许它在楼上？"阁楼里放着苹果，接着他们又下来了。花园仍然是一片安静，只有书本掉进草丛的声音。

　　但是他们已经在客厅里找到了它，并不是说有谁看得到他们。窗格子映着苹果的影子，玫瑰花的影子。透过窗玻璃，草色是青绿的。要是他们在客厅里走动，苹果就只会露出发黄的一面。然而，下一刻，如果门被打开了，地上散落的，墙上悬挂的，天花板上垂落的——是什么？我的两手空空如也。一只画眉的影子掠过地毯，深井般的寂静中传来林鸽的咕咕声。"安了，安了，安了。"房子的脉搏轻轻地跳动着，"宝藏埋藏着，房间……"脉动忽然停住了。唔，那就是被埋藏的宝藏吗？

过了一会儿，光线渐渐黯淡了。那么，到花园里去吧？一缕飘忽的阳光让树影里的黑暗支离破碎。我追寻的这缕光线总在玻璃后面燃烧。它是如此美丽，如此珍贵，冷冷地消弭在玻璃深处。死亡便是那扇玻璃，死亡横亘在你我之间，它先带走了女主人。几百年以前，她离开了这所房子，尘封了所有窗子，所有房间都陷入了沉寂。他离开了它，也离开了她，去过北方，又到过东方，看见过南方天空中的繁星斗转。等他再寻到房子时，发现它已沉入了山丘底下。"安了，安了，安了，"房子的脉搏快乐地跳动着，"你们的宝藏。"

风从林荫道上呼啸而来，树木被吹得东倒西歪。月光如练，在雨里疯狂地飞舞流淌。但窗户里的灯光却依然直直地泻下。蜡烛燃烧着，笔直地，静静地。幽灵夫妇在房子里穿梭游荡，打开窗子，一边悄声说不要吵醒我们，一边寻找着他们的快乐。

"那时我们就睡在这儿。"她说。他则补充道："无数次地亲吻。""清早醒来——""树枝间银光闪耀——""在楼上——""在花园里——""当夏天来临的时候——""在冬天下雪的日子里——"远处传来关门的声音，轻柔得就像一颗心的跳动。

他们走近了，在门口停了下来。风势减弱了，雨水顺着玻璃流下，闪耀着簇簇银光。我们的眼前一片黑暗，再听不到身边的脚步声，再看不到女士展开她鬼魅的披风。他用手掌护住灯焰。"你瞧，"他的呼吸清晰可闻，"他们睡熟了，爱正浮现在唇边。"

他们俯下身来，就着手中银色的灯，长久地、深深地凝视着我们，而后沉默许久。风直直地吹来，火苗轻微地颤抖。月光肆无忌惮地照着地板和墙壁，交相辉映，斑驳了那一双俯视的面容，沉思中的面容，那细细观察着熟睡中的人、寻找他们隐藏的欢乐的面容。

"安了，安了，安了。"房子的心骄傲地跳动着。"多少年了，"他叹息着,"你终于又找到了我。""在这儿,"她低语道,"我们就睡在这儿,在花园里读书,在阁楼里滚动苹果,放声大笑。我们把宝藏留在了这里——"他们俯下身子,光亮掀开了我的眼帘。"安了!安了!安了!"房子的脉搏狂跳着。刚一醒转,我就大声喊道:"哦,这就是你们埋藏的宝藏吗?心中的光亮。"

品 质

[英] 约翰·高尔斯华绥

黄园园 译

我年少时便认识他，只因他一直承做我父亲的靴子。他们弟兄两个合伙开了一家店，店面其实就是两间打通的铺房，开设在伦敦西区的一条颇为新式的街上。而如今，这条街早已不复存在。

　　他们的店面铺设极其朴素，门面上没有任何为王室服务的标记，仅有一块招牌，上面也不过是写着他们的日耳曼姓氏"格斯拉兄弟"。橱窗里陈列着几双靴子，为什么这些靴子一直摆在这儿从来不更换？我还真弄不明白，因为他只接受订货，并没有现成的靴子出售。要说这些靴子是因为不合脚而被退回来摆在这里的？那显得不可思议。是不是他特意买了这些靴子来做摆设的呢？这似乎更不可能了。因为他无法容忍自己的橱窗里陈列的不是自己亲手做的皮靴。那几双靴子真是太完美了，简直是无与伦比！那双轻跳舞靴，细长到无法形容；那双带布口的漆皮靴，让人爱不释手，看过后念念不忘；还有那双褐色的长筒马靴，有着幽灵般黑亮而神秘的光芒，虽然是簇新的，可看起来好像已经穿过百年了。我想只有相信靴子是有灵魂的人才能够做出那样的靴子。那些靴子确实是典范，完美展现了靴子的灵魂与品质。虽然这种认知是在我逐渐长大之后才有的，不过，对格斯拉两兄弟的品格我却早有印象。从我十四岁那年跟他定做成人靴子起，我一直认为，做靴子，特别是做他那样的靴子简直就是完美的艺术。

我清楚地记得，那一天，我把稚嫩的小脚伸到他跟前，怯怯地问道："格斯拉先生，做靴子是不是很难？"

我注意到他的红胡根抖了抖，脸上露出了一丝微笑，他回答道："这是一门手艺。"

他本人就有点儿像皮革制成的——脸庞黄皱，发须微红而鬈曲，双颊和嘴角间斜挂着整齐的皱纹。他语音单调，喉音很重，正如皮革，有些许僵硬和迟钝，只有他的蓝灰色眼睛还闪烁着那种执着于理想和认真的光芒。他哥哥由于与他一起终年辛勤劳作，显得更苍白瘦弱。尽管如此，他们两兄弟仍然很像，以至于我很多年来都分不清他们到底谁是谁，直到后来跟他们定靴子，我才弄明白：如果没有总说"我要问问我兄弟"，那便是他本人，总说这句话的便是他哥哥了。

即便一个人年纪大了，变得荒唐古怪、债务缠身，也断不会赊格斯拉兄弟俩的账。因为没人好意思欠着这兄弟俩的一两双鞋款还大摇大摆地进他们的店铺，心安理得地享受着蓝色铁架眼镜底下的靴子定制服务。

他用灵魂制作有品质的靴子，经他手做的靴子十分耐穿，经年不坏，也正因为如此，他上门的顾客反而很少。

走进他的店铺，人们并不会像走进一般店铺那样怀着"买了就走"的心态，而是内心平静地像走进教堂那样。除了兄弟俩，铺面里很少有其他人，因此来客总是坐在那张仅有的木椅上静静地等候。稍坐一会儿，就可以看到他或他哥哥出现在店堂二楼楼梯口往下张望。黑洞洞的楼梯口透着怡人的皮革气味，随后就可以听到一阵喉音，以及狭窄木梯上趿拉着木皮拖鞋的踢踏声。终于，他站在来客面前，弯着腰，挽着袖子，没穿外套，腰间还系着皮围裙，眼睛眨动着，似乎刚从靴子的美梦中惊醒，或者说，像一只在白天受到了惊扰而感到不安的猫头鹰。

"你好，格斯拉先生，你能为我做一双俄式皮靴吗？"我问道。他会一声不响地离开我，走回原来的地方或是店铺的另一角。这时，我就继续坐在木椅上，呼吸着店堂里夹杂着浓厚皮革味的空气。很快，他回来了，细瘦干枯的手里拿着一张黄褐色皮革，眼睛盯着皮革，嘴里说着："多好的一张皮啊。"等我也赞赏过一番后，他问我："你哪个时候要？"

"嗯，方便的话，越快越好。"我回答道。

"半个月以后来拿，行不行？"他问道。如果答话的是他哥哥，那肯定会说："我要问问我兄弟。"

"行，谢谢你，格斯拉先生，再见。"我低声道。

"再见。"他说道，眼睛还注视着手里的皮革。我走到门口时，就又听到拖鞋上楼的踢踏声，仿佛是要回到楼上重温靴子的美梦。但如果我定做的靴子是他还从未替我做过的新款式，那他一定会按老规矩来，脱掉我的靴子，放在手里，然后用又是批评又是怜惜的目光审视着靴子，仿佛在回忆他当初制作这双靴子时所投注的热情与心血，又仿佛是在责备靴子的主人——我，破坏了如此完美的杰作。审视完之后，他把我的脚放在一张纸上，用铅笔沿着脚的外沿在这张纸上涂上两三圈，留下脚的大致轮廓。他紧绷的手指不时会触碰到我的脚趾，他就这样用心地领会着我对靴子的要求。

还记得有一天，我偶然跟他谈起来："格斯拉先生，你知道吗，上一双穿在城里散步的靴子开始咯吱咯吱地响了。"

他看了我一下，没有做声，好像在等着我收回或重新考虑我说的话，然后他说：

"那双靴子应该不会咯吱咯吱地响呀。"

"抱歉，但它确实响了。"

"你是不是把靴子弄湿了才会响的？"

"我想没有吧。"

他听了这句话后，蹙了蹙眉头，好像在努力搜寻对那双靴子的回忆。我顿感后悔与抱歉向他提起这件事。

"把靴子送回来！"他说，"我要看一看。"

我完全可以想象出他埋头细看这双咯吱作响的靴子时的心情。想到这，一阵怜悯之情涌上我心头。

"有些靴子，"他慢慢地说，"刚做好的时候就是坏的，如果我不能把它修好，就不收你这双靴子的工钱。"

有一次，也仅有这一次，我穿着一双因为急需才在一家大公司买的靴子，漫不经心地走进他的店铺。他接受了我的定货，但没有给我看任何皮革。我能感觉到他的眼睛盯着我脚上的次等皮革。他最后说：

"那不是我做的靴子。"

他的语调里没有愤怒，也没有悲哀，连鄙视的情绪也没有，语气平静得可以凝固住血液。为了追求时髦，我左脚的靴子有一处让人很不舒服。他把手伸下去，用一个手指在那块地方按了按。

"这里会伤到你，有点疼吧？"他说，"这些大公司太不顾体面了，真可耻！"紧接着，他心里似乎有点儿沉不住气了，说了一长串讥讽挖苦的话。第一次，我听到他谈起自己这个行当的情况和营生的艰难，这也是唯一的一次。

"他们把一切垄断了。"他说，"他们靠的是广告而不是手艺就把一切垄断了，把热爱我们靴子的顾客夺走了，他们抢去了我们的生意。事到如今，眼看着我们就要失业了。生意一年比一年惨淡，过后你会明白。"我看着他满是皱纹的脸，看到了我以前未曾注意到的一切：如此悲惨的人物，如此悲惨的奋斗！猛然间注意到他的红胡子里也间杂着灰白了！

我竭力向他解释我买这双倒霉靴子时的情况，但他的面部表情和说话的语调让我印象深刻，以至于在过后的几分钟里，我定了好几双靴子。这下可好！这些靴子比以往的靴子更耐穿，穿了差不多两年，因此这两年，我也没能去看看他。

后来，再去他那里的时候，我惊奇地发现：他店铺外面的那两个橱窗，其中一个已经漆上另外一个人的名字——也是个鞋匠的名字，自然是为王室服务的了，那几双熟悉的旧靴子已经失去了孤高的气派，挤缩在剩下的单个橱窗里，而店铺里面，现在也缩成了一小间，店堂的楼梯口比以前更黑，散发出更浓厚的皮革味。我比平时等了更长的时间，才看到一张面孔探出来往下面窥望，接着便是一阵趿拉着木皮拖鞋的踢踏声。终于，他站在我面前，透过那副锈迹斑斑的铁架眼镜凝视着我说：

"是——先生？"

"啊！格斯拉先生！"我结结巴巴地说，"你知道，你的靴子真是太好了，结实耐穿！你看，脚上这双还好着呢！"我把脚向他伸过去。他看了看靴子。

"是啊，"他说，"不过现在的人好像都不喜欢结实耐穿的靴子了。"

为了避开他略带责备的目光和语调，我赶紧接着问："你的店铺怎么回事？"

他静静地回答道："开销太大了。你要做靴子吗？"

我向他定做了三双，尽管我只需要两双。很快，我便离开了那里。这种感觉是难以描述的，我想他大概认为我是他对立世界的一分子，或许不是跟他本人作对，而是跟他的靴子理想作对。我想，人们是不喜欢这种感觉的，所以好几个月之后我才再次去他店铺。我还记得，去看他的时候，心里就有这样的感觉：哦，我还真撇不开这个老伙计呢！去就去吧，没准能看到他哥哥呢！

因为我知道，按他哥哥的性格，他肯定不会责怪我，甚至在心里也不会。

我松了口气，安下心来。店铺里的正是他哥哥，他正整理着一张皮革。

"嗨，格斯拉先生，"我说，"你好吗？"

他走近我跟前，盯着我看。

"我很好，"他缓缓地说，"但我哥哥死掉了。"

这会我才看出来，我看到的就是他本人。但是他变得多么苍老，多么消瘦啊！我以前从来没听到他提起他哥哥。我吃了一惊，喃喃地说："唉，太让人伤心了！"

"是的，"他答道，"他是个好人，做得一手好靴子，可现在他死掉了。"他摸摸头顶，似乎是要解释他哥哥的死因。可是，他的头发突然变得跟他可怜的哥哥的头发一样稀薄了。"因为丢掉了另外一间铺面,他心里老想不开。你是要做靴子吗?"他举起手里的皮革说,"这可是一张美丽的皮革。"

我定做了几双靴子。过了很长一段时间,靴子才送到,但这几双靴子比以前的更好更结实,根本不会穿坏。不久,我便去了国外。

一年多以后,我才又回到了伦敦。回到伦敦去的第一个店铺便是他——我的老朋友的店铺。我离开时,他六十来岁的样子,我回来时,他俨然已经变成一个七十五的老头,衰老、瘦弱、颤颤巍巍。这一次,他真的快不认识我了。

"啊!格斯拉先生,"我说,心里有些不舒服,"你做的靴子好极了!我在国外几乎一直穿着这双靴子。你看,这么久一点也没有穿坏呢,是不是?"

他盯着我这双俄式皮靴,细看了很久,脸上慢慢恢复了平静。他把手放在我的靴面上说:"这里还合脚吧?我记得,这双靴子费了我好多功夫才做好的。"

我再次跟他确认,靴子确实非常合脚。

"你要做靴子吗?"他说,"我很快就可以做好,现在生意很惨淡。"

我回答说:"劳烦,劳烦!我需要靴子,每种靴子都要!"

"我可以做时新的式样。你的脚肯定长大了吧。"他非常迟缓地照我的脚形画出了样子,又摸了摸我的脚趾,只有一次抬头看着我说:

"我有没有告诉你我哥哥死掉了?"

他变得衰老不堪,看了都叫人伤心难过。

对于这几双靴子,我并不期盼,但在一天晚上靴子送到了。我打开包裹,把这四双靴子一字排开,然后一双一双地试穿。毫无疑问,不论在式样尺寸上,还是加工和皮革质量上,这些靴子都是他给我做过的最好的靴子。在那双城里散步穿的靴口里,我发现了他的账单。单上所开的价钱与过去的完全一样,但我吓了一跳,因为他以前从来没有在四季结账日前把账单开来的。我飞快地跑下楼去,填好一张支票,而且马上把支票寄了出去。

一个星期之后，我走过那条小街，心想着应该进去告诉他——他替我做的新靴子是如何的合脚。但是当我走近他的店铺时，我发现他的姓氏不见了，而橱窗里仍然陈列着那几双靴子——细长的轻跳舞靴、带布口的漆皮靴，以及漆亮的长筒马靴。

我走了进去，心里忐忑不安。那两间小小的铺面又合二为一了，而店铺里面，只有一个英国人模样的年轻人。

"格斯拉先生在吗？"我问道。

他诧异地同时又讨好地看了我一眼。

"不在，先生。"他说，"他不在，但我们很乐意为你服务。我们已经接管了这个店铺。你应该已经看到隔壁门上的名字了吧？我们替上等人做靴子。"

"是的，我看到了。"我说，"但是格斯拉先生呢？"

"噢！"他回答说，"死掉了！"

"死掉了？但是上星期三我才收到他给我做的靴子呀！"

"啊！"他说，"真是怪事，可怜的老头儿是饿死的。"

"慈悲的上帝啊！"

"慢性饥饿，医生是这样说的。你知道他是怎样过活的！要把店铺撑下去，除了自己，又不能让其他任何人去碰他的靴子。他接一份订单就得费好长时间去完成它，顾客可不愿等呀。就这样，他失去了所有的顾客。他老坐在那里，只管做啊做——我愿意代他说句话——在伦敦，没有一个人可以做出比他更好的靴子！看看，这就是他的结局！从来不做广告，却坚持选用最好的皮革，还是亲手做！事到如今，照他的想法，你对他能有什么指望呢？"

"但是饿死——"

"这样说，也许有点儿夸张，但是我自己知道，他从早到晚坐在那里做靴子，一直做到最后一刻。你知道，我往往在旁边看着他。他从不让自己有吃饭的时间，店里从来不存一个便士，所有的钱都用在房租和皮革上了。我甚至都不知道他怎么还能活这么久，他经常断炊。他是个怪人，但他做的是顶好的靴子。"

"是的,"我说,"他做的是顶好的靴子。"

我转过身,很快从铺面里退了出来,因为我不想让年轻人知道我几乎什么都看不到。

热爱生命

[美] 杰克·伦敦

万敏琦 译

时光逝去，剩下的人终归不多，
尽管他们饱经风霜与蹉跎。
人生游戏，来到这里已是胜利，
哪怕筹码已输得寥寥无几。

　　两人跛着脚，艰难地在岸边走着，走在前面的人还在乱石中打了个趔趄。他们既疲劳又虚弱，脸上流露出来的，是长年经历苦难而炼成的坚忍意志。他们肩上背着沉重的毛毯，前额勒着一条头带拉扯着行囊，减轻背部的重担。两人还各自扛着一杆来复枪。他们一路弯腰走着，肩膀拼命往前曲，头压得老低，眼睛专注地盯着地面看。

　　"储物坑里的那些子弹啊，要是我们现在手上有两三发就好了。"后头的人说。

　　那人的声音干巴巴的，一点感情也没有。他平淡地说着话，而他的同伴则蹒跚在浑浊的小溪里，一声未发。脚下的溪水流过岩石，激起泡沫般的水花。

　　后面的人紧跟着同伴的脚步。溪水冰冷刺骨，冻得他们脚踝发疼，双脚麻木。尽管这样，他们还是没有脱掉鞋袜。有好几次，水花溅到膝盖上，冷得他们连站也站不稳。

后头的人不小心在湿润的卵石上滑了一脚，差点摔倒。为了保持平衡，他用力一拽，肌肉马上传来一阵疼痛，让他不由自主大叫了一声。他开始眼冒金星，甚至有点站不住脚，于是把空闲的手伸出来，试图攀扶着空气中的什么东西。正当他以为稳住了，想向前迈出一步的时候，双眼突然又晕眩起来，差点摔倒在水里。他只好站在原地，望着前方始终没有回头的同伴。

他足足在那儿站了一分钟，思绪在脑海里不断挣扎。终于，他下定决心大喊："喂，比尔，我脚脖子扭伤了。"

只见比尔在河水里一瘸一拐，还是没有回头。在后头扭伤了脚的他像往常一样面无表情，可是看着同伴比尔越走越远，双眼还是流露出如同受伤的野鹿一般的神色。

比尔一直没有回头，跛着脚走过了对面的河岸，只留下受伤的他独自站在水流中。他呆呆地望着比尔的背影，双唇稍微抖了一下，连带嘴上那一簇棕色的、零乱的胡子也抖动起来。他伸出舌头，舔了舔嘴唇。

"比尔！"他高呼着。将近绝望的他发出了哀求的呼号，可还是没能换回同伴的关注。他看着比尔越走越远，以一种奇怪的姿势，磕磕绊绊地登上了一片不太陡的山坡，向远处低矮的天际线走去。终于，比尔的身影越过山顶，从视线中消失了。他这时才把目光收回来，看了看周遭的世界，只剩下他一人了。

地平线上，太阳发出无精打采的光，蒸腾的雾气掩盖了它的轮廓，只留下一个暗淡而庞大的阴影。他单脚站着，把手表扯了出来。现在已经四点了。他也记不清当时的日期，只知道那是七月底、八月初，所以太阳应该是在西北方向。他看着南边，知道翻过那几座荒凉的山以后，就能到达大熊湖。他也知道往这个方向一直走，北极圈线就会穿过加拿大冰原荒地。脚下的小溪是柯珀曼河的支流，河流向北汇入加冕湾，最后注入北冰洋。他从没去过那儿，只在哈德森湾公司的地图上看过一遍。

他又一次打量着四周。这里的风景实在让人发愁，到处是平缓的天际线。低矮的小山此起彼伏,既不长树也没有灌木,连一根草也找不到。强烈的荒凉感使他油然而生一股恐惧感。

"比尔!"他自言自语,一遍又一遍地喊着,"比尔!"

他在小溪中央颤抖着,四周的景物像巨兽一样向他扑来,以不可抗拒的可怕力量残酷地把他击垮。他像得了疟疾一样剧烈颤抖着,枪一不小心从手中滑了下来,"扑通"一下掉进水里。这可把他惊醒了。他竭力控制住心中的恐惧,定了定神,在水中摸索着,把枪捡了回来。然后,他又把背包往左肩挪一点,来减轻受伤脚踝的负担。他步履蹒跚地朝岸边走去,每一步都走得小心翼翼,身体由于伤痛而畏畏缩缩。

他一刻也没有停下,带着一股几近疯狂的决心,忍受着剧烈的疼痛,匆匆攀上了比尔刚刚越过的山顶。如今,他的样子比一瘸一拐的比尔更古怪和滑稽。从山顶上,他只看到一座毫无生气的低浅峡谷,心里不禁又害怕起来。可是事到如今,他也只能打起精神,把背包又往左肩拉了一下,继续蹒跚着走下斜坡。

峡谷底部一片潮湿,地面上铺着一层像海绵一样厚的青苔。他每走一步,鞋底就要在上面摁出一小滩水来。把脚抬起来的时候,青苔又把鞋底吸住,发出吧唧吧唧的声响。他跟随着同伴留在地面上的脚印,从一片沼泽地走到另一片沼泽地。在这青苔的海洋中,突兀的岩石像无数座海上小岛。

尽管他孤身前行,但并没有迷路。他知道再向前走一点,就可以看见一个小湖泊。湖边有一片枯萎的矮小杉树林,当地人把那里称作"提清尼奇立",就是"长满小棍子的地方"。一条小溪源源不断地把水流注进湖里,溪水倒不太浑浊。他清楚记得水面上漂浮着灯心草,但没有浮木,自己应该顺着溪流走,一直走到分水岭,再沿着向西的支流走。这条支流最终会流入迪斯河,在那里他应该能看到一艘翻过来的独木舟,下面会有一个四周堆满石头的小储物坑。小坑里埋着不少子弹、鱼钩、鱼线和一小张渔网。这都是他们打猎、捕鱼的必要工具。他们也许还能找到一点面粉、一块培根和一些豆子。

想必比尔会在那儿等着自己吧,他心里盘算着,然后两人就能跳进迪斯河里,一起向南游。游到大熊湖以后,他们要穿过湖面,一路往南走,到了马肯斯河以后继续朝南。只要他们一直朝南走,那么冬天就永远赶不上他们的脚步了。哪怕河里的漩涡结了冰,寒风冰冷刺骨,只要能来到温暖的南方,来到赫德森湾公司的贸易站,他们就能在一片高大茂盛的树林里歇上一把,吃着数不完的食物。

他一边走,一边思考。可是冰冷的天气不仅令他脚步难开,连思维也迟钝起来。他一直告诉自己,比尔是不会把同伴抛下不管的,他一定是在储物坑那里等着。他也不得不这样想,不然他也不需要如此卖力赶路,直接躺下来一命呜呼还比较痛快。眼看夕阳就要从西北边落下去了,他一遍又一遍地盘算着在冬天来之前,自己和比尔该如何向南走,还不停幻想着储物坑里有多少干粮、贸易站里有多少食物。他已经两天没吃东西了。这些天来,他经常猫着腰,在地上捡灰白色的浆果来吃,咀嚼几下就把它们吞下去。这些浆果其实只是带有一点汁水的种子,果汁一进口就化了,剩下又苦又辣的种子。他也知道这些浆果一点营养也没有,可还是耐心地咀嚼起来。在生存的希望面前,他也顾不上道理和经验了。

九点钟时,他的脚趾不小心踢到一块岩石,加上体力透支,他摇晃了几下就跌倒了。他侧着身子,一动不动地躺了一会儿,然后把背包卸下,笨拙地坐了起来。这时的天色还没有全黑。伴着微弱的暮光,他在岩石间摸索着,找出一堆干枯的青苔片,生起火来。只见火苗缓慢地燃烧着,冒出一股浓墨似的黑烟。眼看火总算生起来了,他把水壶放在上面烤着。

接下来,他打开背包,做的第一件事情就是数火柴。火柴一共有六十七根,他还数了三遍,才确认下来。他小心翼翼地把它们分成几份,用油纸包起来,一包塞进自己的空烟夹里,一包拴在旧帽子的内圈上,还有一包放在衬衫胸口的袋子里。他把火柴都放好了以后,又莫名地担心起来,马上拿出那三包火柴重新点了一遍,幸好还是六十七根。

他把鞋袜也脱下来，放在火边烘干。软皮鞋已经湿透了，毛袜子被磨穿了几个洞，双脚几处地方已经渗出了鲜血，一只脚踝还传来阵阵抽痛。他检查了一下，发现它已经肿胀得像膝盖一样大了。于是，他从一条毛毯上撕下了一片长布条，把脚踝牢牢地包裹起来，又撕下了几条碎布，裹在脚上保暖，来代替软皮鞋和毛袜子。从水壶里喝了几口温水以后，他不忘把手表的发条上好，接着爬进了两条毛毯之中。

他睡得像死人一样沉。漆黑的夜晚来了又去，太阳从东北边探出头来，可是只能从乌云间依稀露出点天光。

六点钟时，他醒过来了，静静地躺在毯子里。他盯着眼前灰蒙蒙的天空，肚子传来一股强烈的饥饿感。正当他用手肘把身体撑起来，准备起床的时候，耳边突然传来一阵响亮的哼哼声，原来是一只雄鹿正在不远处好奇地打量着他。眼看这头活物只在五十英尺以外，他的脑海里马上浮现出鹿肉在火上烧得嗞嗞作响的情景。于是他机械性地把手伸向那杆空枪，瞄准了以后扣下扳机。雄鹿哼了一声，马上跑走了，鹿蹄踏在岩石上发出踢踢踏踏的清脆声响。

他咒骂了一句，一挥手就把空枪甩开，然后一边用力站起来，一边大声呻吟了几声。这是一件非常缓慢又费力的事情。他的关节像生了锈似的，摩擦的阻力使它们在骨臼里艰难移动，每伸展一下都要靠意志的力量才能完成。一分多钟以后，他终于站起来了；两分钟以后，他才能像正常人一样直立。

他爬过一个小土丘，往四周眺望起来。这里没有树，也没有灌木，目力所及都是灰色的青苔，星罗棋布地点缀着灰色的石头，还有几个灰色的湖泊和几条灰色的小河。连天空都是灰蒙蒙的，一点太阳的影子也看不到。他根本说不清哪边是北边，也忘了昨天晚上自己是从哪条路走过来的。可是他心里知道，自己应该没有迷路，再往前走一点，就快到那片矮杉林了。他直觉认为树林应该在左前方不远处，翻过下一座小山可能就到了。

他爬下来，把背包收拾好，准备继续上路。他又摸索了一下那三包火柴,虽然没有一根一根细数,可是知道它们还在身上,他顿时放心了。可是,一只鹿皮袋却让他犯起愁来。袋子不大,两只手就能把它遮盖住。他也知道袋子里装着十五磅重的金沙,几乎要和其他行李加起来一样重。他决定先把袋子晾在一边,继续打包其他行李,却又突然停住,忍不住打量了它几眼。终于,他迅速捡起袋子,恶狠狠地向四周环视了一下,仿佛这片荒野要从他手里把它抢过来一样。接着,他站起来,把袋子塞进背包里,蹒跚着开始了旅途。

他走走停停,捡了些浆果充饥。受伤的脚踝已经完全僵硬了,他只能一瘸一拐地走路。但与此相比,剧烈的饥饿感更令他难以忍受。饥饿之苦一直在折磨着他,不停侵蚀他的意志,让他赶路也无法专心。事实上,野浆果并不能缓解多少痛苦,那火辣的味道反倒让他的舌头和口腔生疼。

他来到一个山谷,看到不少松鸡在岩石和泥浆中扑腾着翅膀,"咯咯咯"地叫着。他朝它们扔了几块石头,可是都没有打中。他干脆把背包放在地上,像猫抓麻雀一样悄悄地走了过去。锋利的岩石划破了他的裤子,擦破了他的膝盖,伤口还在地上隐隐留下一条血痕,可是饥饿还是战胜了疼痛。他在湿滑的青苔地上小心地挪动着,湿透的衣服让身体阵阵发冷,但他丝毫没有察觉,一心只想逮到猎物,吃上一顿。这些松鸡总是在他面前挥动着翅膀,蹦蹦跳跳,还发出"咯咯咯"的叫声,仿佛在嘲弄他。他大声地咒骂着,脏话和鸟儿们叽叽喳喳的叫声混成一片。

他悄悄地爬过去,不料爬到一只正在熟睡的松鸡旁边。刚开始的时候,他没有看到这只鸟。直到它在自己面前,扑腾一下从岩石中飞起来时,他才醒悟过来,马上伸手猛抓,可是只能从鸟尾巴上抓住几根羽毛。眼看松鸡从自己手中逃脱,他心中油然而生一股愤恨之情,仿佛鸟儿们犯下了弥天大错。他只好放弃,回过头去,背上背包继续赶路。

后来,他又走过几个山谷和洼地,看到不少野生动物,其中有一群驯鹿,大概二十多头,都在来复枪的射程以内。他内心涌动着一股狂野的冲动，想要追赶鹿群，徒手把它们都抓起来。途中还有一只黑狐狸叼着一只松鸡从他眼前走过。他大喊一声，狐狸被这突如其来的叫喊吓走了，却没有如他所愿丢下嘴里的猎物。

傍晚时分，他沿着一条混杂着石灰的、白茫茫的小溪向前走。溪水流过一片又一片灯心草丛。他连根拔起几棵，摘下了几个像嫩葱芽一样的果子。它们比木瓦钉还小一点，摸起来软软的，牙齿轻轻一咬就陷了进去。果子味道还不错，可是实在太难嚼了，就像地上的浆果一样，里面只有一小点汁水，其他都是硬纤维，一点营养都没有。但他还是把背包甩了下来，爬进灯心草丛里，像牛一样大口大口地吃起这些果子来。

他累极了，一直想好好休息一回，最好能躺下来，睡上一觉。可是他一直坚持走路，不是为了要赶到杉树林，而是因为他实在太饿了。为了填饱肚子，他尝试过在小水坑里寻找青蛙，又用手指在泥土里挖过蚯蚓，尽管自己心里也清楚，在这么远的北方，能找到青蛙或虫子的机会实在是微乎其微。

他寻遍路过的每一个水坑，还是一无所获。直到暮色降临的时候，他才在一个小水坑里发现了一条像诱饵一样小的鱼。他把胳膊伸进水坑里，整条手臂全湿了，可还是抓不住鱼。于是他把另一只手也伸进水里，掏弄着池底的泥巴。正抓得起劲时，他一不小心栽进水里，半身湿透了，还把水搅得更加浑浊。再也看不到鱼了，他只好趴在一旁，等水里的沙石沉淀下来。

不久以后，他又重新摸起鱼来，刚平静下来的水面又泛起一片浑浊。可是这回，他实在等不及了，就用身上的小铁桶，一勺一勺地把水舀出来。刚开始时他一个劲乱舀，把自己也弄湿了；水泼得太近，不少又流回了坑里。后来，他冷静下来，小心翼翼地把水舀走，可是心脏还是紧张得扑通乱跳，双手也颤抖起来。半小时过去，他几乎把水都舀光了，却没有看到鱼的踪影。原来水坑边上隐藏着一个小石洞，鱼从洞里逃到隔壁的大水坑去了。那里的水估计一天一夜也不能舀光。要是早知道的话，他肯定会先用石头塞住洞口，那么就能抓到鱼了。

他一边想，一边瘫坐在潮湿的地面上，开始小声地呜咽着，后来又忍不住在这四面荒野中放声大哭，眼泪哭干了以后又啜泣了好久。

他生了火，喝了几口烧开的水，好让自己暖和些，然后又像昨晚一样在岩石旁露宿。他睡觉之前又检查了一下火柴，并为手表上了发条。潮湿的毯子黏糊糊的，阵痛还时不时从脚踝上传来，可是他并没察觉。他只知道自己很饿，饿得连觉也睡不好。他梦见了各种酒席和宴会，自己面前堆放着无数美食。

一觉醒来，他感觉一股寒意，还有点头晕。天上一点阳光也没有，灰蒙蒙的大地和天空显得越发阴沉昏暗。一阵风扑面而来，吹得皮肤如刀割般疼痛。生火烧水的时候，他感觉周围的空气明显沉重起来。初雪已经染白了远处的山头，白茫茫的雪花飘散下来，还夹着纷纷扬扬的雨。刚开始，雪花一碰到地面就化了，可是后来越来越多，渐渐铺满了地面，火也被扑灭了，打湿了他用来起火的干青苔。

这意味着他必须背上背包，继续上路了。可是该往哪儿走呢？他感到一片茫然。他再也不在意那片杉树林，也不在意比尔是否在迪斯河边等着他。对于一个饿疯了的人来说，对食物的渴求已经完全战胜了理性。眼前的路究竟要把他带到哪里，他已经顾不上思考，只要能走出这片沼泽地就好。他在雪地上摸索着，走回那片长浆果的地方，一直凭着直觉向前走，就像直觉告诉他那些灯心草下有能吃的果子一样。只是这些果子一点味道也没有，根本不能填饱肚子。后来，他又找到一种野草，吃起来酸溜溜的。他干脆把全部都拔起来吃掉。这些野草本来就不多，因为它们都是蔓生植物，很容易就被几寸厚的积雪埋在地下。

那天晚上他生不起火，也烧不了水，只能爬进毛毯子里，尝试通过睡觉来忘记饥饿。半夜，雪花变成了冰冷的雨点，打在他脸上，让他醒过来好几遍。第二天早上，太阳依然没有出来，四周还是灰蒙蒙的一片，但雨总算停了。他似乎不再饿了，对食物的渴求已经冷淡下来。虽然胃还隐隐作痛，可是他也没有多在意。他的头脑稍微清醒了一点,就决定试着寻找那片杉树林和迪斯河边那个储物坑。

他把其中一张毯子剩下来的部分撕成几条,包扎起不停淌血的双脚,同时又加固了脚踝的伤口,为这一天的路途作准备。收拾背包的时候,他停下来,盯着那只鹿皮袋看了好长一段时间,最后还是把它带在身上。

雨水把地面的积雪溶解了不少,但山头还是一片雪白。太阳也出来了,指南针终于派上了用场。可是由于几天来一直乱逛,他感觉自己已经往左拐过头了,于是决定稍微往右走一段路,看能否找回正确的路径。

虽然饥饿感已经平缓下来,但他也意识到自己身体已经非常虚弱了,甚至在摘浆果和拔灯芯草的时候,也不得不经常停下来休息。他感觉舌头干涩得仿佛肿胀起来,上面还好像长着细毛,泛起一股苦涩的奇怪味道。心脏也出现了毛病,只要走上几分钟,它就会怦怦乱跳,后来更是剧烈地张缩着,痛得他呼吸困难、头晕眼花。

中午时分,他在一个大水坑里找到了两条小鱼。要捉它们一点都不容易,可是这次,他已经能镇定自若地用小铁桶把它们捞上来。两条鱼比他的小拇指还小,幸好他也不是特别饿。胃疼变得越发潜藏,仿佛胃已经沉睡了一般。他把活生生的鱼放进嘴里,认真而用力地咀嚼起来。理智告诉他,一定要把鱼咽下去。尽管他对食物不再渴求,但也知道要继续上路,就必须为生存而吃。

傍晚的时候他又抓了三条鱼,吃了两条,还有一条留作第二天早餐。太阳把青苔片都晒干了,他又能生火和烧水。今天,他只走了不足十英里路;第二天,只要心脏不疼,他就不停步,但也只走了五英里。胃不再疼了,好像完全休眠过去。他发现自己走到一个陌生的地方,眼前的驯鹿越来越多,甚至还有狼。狼群的嚎叫声时常传来,穿透整个荒野,有一次他还看到有三匹狼在眼前悄悄走过。

又一个晚上过去了。早上起来的时候,他感觉清醒多了。打开鹿皮袋以后,他从里面倒出一点黄灿灿的金沙,把它们粗略分开两半,一半放在一块岩石上,用那条撕得只剩一点的毛毯包好,剩下的一半放回鹿皮袋里。他又从另一床毯子上撕下了些布条，包扎脚上的伤口。因为在迪斯河的储物坑里藏着些后备弹药，所以他一直把那杆空枪带在身上。四周弥漫着雾气，饥饿的感觉又一次涌上心头。他已经非常虚弱了，还时不时泛起一阵眩晕，让他看不清眼前的景物。失足跌倒对他来说已经成了家常便饭。有一次，他一不小心，正好摔进一个松鸡窝里。窝里有四只刚出生的小鸟，看样子还是昨天刚生下来的。四个生机勃勃的小家伙加起来只能让他吃上一口，可是他实在太饿了，把它们活生生地塞进嘴里，狼吞虎咽起来，发出像咬鸡蛋壳一样清脆的声响。松鸡母亲发现了以后，大吵大叫地在他身旁扑腾着翅膀。他把枪当作棍子来打它，可是它都灵活地躲开了。他又抓起石头往松鸡身上砸，结果其中一块打中了它一只翅膀。受伤的松鸡拍着翅膀逃走了，可是他还在后头一路追赶。

那几只小松鸡激起了他的胃口。带着受伤的脚踝，他连蹦带跳地追着大松鸡跑，一边扔石头，一边粗声叱喝，跌倒了就咬咬牙站起来，头晕了就揉揉眼睛继续追。

他忙着追赶松鸡，不觉来到了峡谷底的一片沼泽地上，还在湿滑的青苔地看到一组脚印。他看得出来，这不是自己留下的，那么应该是比尔的了。但眼看大松鸡越跑越远，他当然不愿停下脚步。他打算先把鸟儿抓住，再回来这里细细研究。

大松鸡终于跑不动了，他也喘不过气来，一人一鸟都在原地上气不接下气地躺着。虽然他们只距离十多英尺，可是他实在没力气爬过去抓住它。等到他休息好了以后，松鸡也回过气来，在被他那双饥饿的大手抓到之前，扇着翅膀又逃开了。他马上撒腿赶了上去。直到夜幕降临，大松鸡才完全没了影踪。他筋疲力尽地蹒跚着，头一不小心向前栽了下去，划破了脸。他干脆在原地躺着，背包的重量全压在身上，好一段时间以后才翻过身来，给手表上好发条，接着一觉睡到大清早。

又是烟雾迷蒙的一天。大半张毛毯子已经被他撕碎，用来包扎伤口了。虽然比尔的脚印已经找不着了，可是他也完全顾不上，因为强烈的饥饿感再次逼得他无处可逃。他不禁在想，究竟比尔是否也像他一样迷路了。中午的时候，背包仿佛变得无比沉重，他只好把剩下的金子又分开了两份，把一份丢在地上。过了几个小时，他又把剩下的金子都丢弃了，身上只带着那半张毛毯、一个小铁桶和一杆枪。

这时，他开始出现了幻觉。他老是觉得枪膛里还有一发子弹，自己应该是看漏眼了。其实他心里也清楚，枪膛里的确是空荡荡的。这样的幻觉挥之不去，在往下的几个小时里，他一直竭力抑制着，还专程把枪拆开，确认枪膛里确实空空如也。这种失望让他非常痛苦，仿佛自己本应该找到那颗子弹似的。

他又拖着脚走了半小时，期间幻觉不断浮现在脑海里。尽管他一直尝试把它击退，但它仍然缠着他不放，他也只好又把枪膛打开，用事实说服自己。有些时候他的思绪也会越飘越远，一边迈着机械的步子，一边任由异想天开的狂想像虫子一样在脑海里蠕动。可是这些不切实际的念头又会突然被尖锐的饥饿感打断，很快消失得无影无踪。有一次，眼前的险境一下子把他从幻想中惊醒，还差点吓晕了。他不由得摇晃了几步，像醉汉似的甩甩头，好不容易才稳住脚步。这里居然有一匹马！他简直不相信自己的眼睛。如今，他的视线中总是有一层迷雾，眼前任何事物都只是雾里的几个光点。他揉了揉眼睛，把迷雾揉走了以后才发现，这不是一匹马，而是一只大黑熊。这个庞然大物正挑衅地打量着他的一举一动。

他已经把枪抬起一半了，才意识到枪里没有子弹，于是又把它放下，从腰际的镶珠刀鞘里拔出一把猎刀。在他面前的不仅是一头动物，还是能吃上几天的肉。他用拇指顶住刀柄，正准备朝大黑熊扑过去，可是一瞬间，心脏又怦怦地跳起来，仿佛在给他一个警告。紧接着，心脏还越跳越重，似乎马上要从胸腔里蹦出来。他的脑袋也开始晕眩，像戴了一个不断紧缩的铁箍。

恐惧一瞬间吞没了勇气。要是自己头晕目眩的时候，黑熊突然扑过来，那该怎么办呢？他勉强摆出一个威武的姿势，手里紧握着猎刀，死死地盯着黑熊看。只见它笨重地向前走了两步，后脚直立起来，试探性地咆哮了一声。要是他逃跑的话，熊肯定会扑上来的，可是他没有动。他的恐惧到了极点，反倒生出了一股不怕死的勇气。他也凶狠地咆哮着，声音非常可怕，在生死攸关之际，喊出了对死亡的恐惧。

熊慢慢挪到一边，还在威胁似的咆哮着，但似乎也被眼前这个无所畏惧的神秘生物吓住了。只见他像一尊雕像似的站着一动不动，直到险情过去以后，才双脚一软，瘫坐在青苔地上。

他再次打起精神，继续出发，心里却涌现出新的恐惧。他怕的不是因为找不到食物而活活饿死，而是怕在饥饿夺去他最后一丝求生意志之前，已经被野兽撕咬得身首异处。这里还有狼，它们的嚎叫声时不时从远处传来。四周的危险气息仿佛交织成一只有形的网，徐徐向他罩来，让他不由自主地举起手来，想把这张网推开，仿佛这是被风吹斜了的帐篷打在他脸上。

狼群经常三三两两在附近走过，可是都躲着他。它们数量不多，一般只袭击不会反抗的驯鹿。在它们看来，这个站立的未知生物更可能向它们反击。

傍晚的时候，他看到路上有一些骸骨，显然狼群在这里杀戮了一番。这些小驯鹿一小时前还是一副生机盎然的模样，现在却变成了一堆白骨。他凝视着这些骨头，每一根都被啃得干干净净，骨头里还泛着丝丝粉红。天黑之前，他会不会也变成这样呢？难道生命就是如此虚无、如此短暂？只有生存才能感知痛苦，死了就不会再难过了。其实死亡也不过是睡上一觉而已，人累了，也自然要睡的。为什么自己不愿死去呢？

可是他很快就不再想这些大道理。他蹲在青苔地上，拿起一根骨头啃起来，吮吸着仅存的一点粉色血肉。肉汁鲜嫩甜美，那种早已忘怀的滋味让他不由得疯狂起来。他大口咀嚼着这些骨头，有时候咬碎的是骨头，有时候咬碎的是自己的牙齿。接着，他又用石头砸起骨头来，把它们碾成粉末再吞下去。他一时慌乱，还把自己一根手指给砸上了，却惊奇地发现，自己竟然感觉不到疼痛。

后来几天下起了暴雨雪。恶劣的天气让他根本不知道何时该扎营，何时该出发。晚上赶的路几乎跟白天走得一样多，累得走不动了，他就倒下休息。哪怕生命之火日渐暗淡，只要能激起一点火花，让他打起精神，他就爬着前进。他只是一个普通人，在这种境况下已经放弃挣扎了，只是顽强的生命力和求生的意志逼着他一路前进。他再也感受不到痛苦了，神经已经变得迟钝而麻木，脑子里不断浮现出奇怪的念头和美好的幻境。

他把几块碎鹿骨一直带在身上，吃上了几天。他不再攀山涉水，只是沿着浅谷中的一条河流往前走。他眼中既看不到河流，也看不到峡谷，眼前浮现的只是无数幻觉。灵魂和肉体已经貌合神离，把它们维系在一起的羁绊已经非常微弱了。

这天醒来，他似乎清醒了些，仰面躺在一块岩石上。阳光洒在他身上，既耀眼又暖和。远处传来驯鹿的哀鸣，又让他隐约想起那场暴雨雪中的鹿骨。可是这究竟是两天前，还是两周前的事情呢？他已经记不清楚了。

他躺着一动不动，已经过了好一会儿了。温和的阳光给他可怜的身躯带来了不少暖意。今天天气真好啊，他心里想着，说不定自己还能找一下路呢。他费了好大把劲才把身体翻转过来，发现身下正淌着一条水流缓慢的大河。他一点也不记得自己是怎么走上这里来的了。他慢慢地环视四周，只见眼前环绕着延绵起伏的矮山，比他见过的山头都要苍凉、贫瘠。他望着这条河流向天际，最后流入一片明亮耀眼的大海，心里一点也不激动，顶多只是泛起了一丝兴致。他心想，这太奇怪了，是海市蜃楼，还是自己错乱的神经在捣鬼？正想着，他突然又看到一艘船在波光粼粼的大海上抛了锚，更坚信这是幻觉了。他紧紧闭上了眼睛，再睁开来，却惊奇地发现幻境居然还没消失！他心里清楚，在这片贫瘠的大地中央是不会有海洋和船只的，就像他知道枪杆里一颗子弹也没有一样。

他突然听到身后传来一阵喘息声，听起来像是有谁在喘气或咳嗽。他缓慢地转过身来，却没看到什么东西。他又耐心地等了一会儿,喘气声果然又响起来了。这时,他隐约能看到在一英尺以外的两块参差大石之间,一只狼探出灰色的头来。只见这只狼的耳朵不像他之前见过的狼一样尖,眼睛也黯淡无神,还布满了血丝,头有气无力地耷拉着。它在太阳底下不停地眨着眼睛,看来应该病得不轻。他盯着狼看的时候,狼又喘息起来。

至少这是真的,他对自己说着,又转过身来,想看一眼先前被幻想蒙蔽了的真实景象。可是,远处的海洋依旧闪闪发光,那艘船还清晰可见。难道这都是真的?他一边想,一边闭上了眼睛,突然想起了些什么。他一直朝北偏东走,走过了迪斯河分水岭,又走进了柯珀曼峡谷。眼前这条缓慢的大河就是柯珀曼河,远处是北冰洋。那艘船应该是一艘捕鲸船,是从马肯锡河的河口出发,朝远东地区去的,现在正停泊在加冕湾里。他想起多年以前,自己在哈德森湾公司看过的那张地图,心里顿时豁然开朗。

于是他马上坐起来,关注起眼前的形势。裹在脚上的碎布条已经磨破了,上面全是血肉模糊的伤口。最后一条被子已经被他撕光,枪和猎刀也不见影踪。他的帽子,连同帽边上的那一包火柴,早在半路上丢失了,可幸的是藏在胸口的那一包还在。它们外层包着油纸,放在烟盒里头,一点也没湿着。他看了看表,指针踏准十一点整,显然自己一直没忘记给手表上发条,所以指针还在走。

他沉着冷静下来,虽然异常虚弱,可是他一点儿也没感觉疼痛,也不饥饿,甚至想到食物也不再兴奋。他的所作所为中,理智已经占了上风。他把膝盖以下的裤子撕开,用来包扎受伤的双脚,然后打算用小铁桶烧点水,好在出发之前暖暖身。他已经料到前路将会何等艰难。

他行动缓慢,像中风病人一样不停地哆嗦着。当他正想捡一些干青苔的时候,却发现自己双脚站不起来了。他尝试了一遍又一遍,最后只能用双手和膝盖在地上爬。他一度爬到那只病狼附近,只见狼迟疑地把身子挪开,为他让路,一边用弯曲的舌头无力地舔着爪子。他看到狼的舌头已经失去了健康的红色光泽,黄棕色的舌身上似乎覆盖着一层半干而粗糙的黏液。

他喝了一些热水以后,发现自己又能站起来,只是每走几分钟,就必须休息一会儿。大概垂死的人就是这么走路的吧,他想象着。他走得不稳,步子软弱无力,跟在身后的狼也一样。那天晚上,当夜幕笼罩在波光粼粼的海面时,他离海岸近了四英里。

他整晚都能听到那只病狼的咳嗽声,远处还时不时还传来驯鹿的悲鸣。他周围都是生命,但那些生命大多都是鲜活强壮的。他也知道这只病恹恹的狼一路跟着病恹恹的自己,也是希望人能比狼早一步熬不住。第二天早上,他刚睁开眼,就看到一双贪婪饥渴的眼睛盯着自己。狼蜷缩着,把尾巴夹在两腿之间,活像一只愁眉苦脸的狗,在寒冷的晨风中不停哆嗦。当他用沙哑的嗓音朝它大声嘶喊的时候,狼也只是没精打采地咧着嘴。

那天早上的太阳明艳照人。他一直跛着脚,朝那艘捕鲸船进发。天气非常好,这种小阳春的宜人天气在高纬度地区总是稍纵即逝,或许只能持续一个星期,又或者他第二天醒来就要变天了。

下午,他在路上看到一些痕迹,显然是其他人留下的。从痕迹上看来,这个人不是走,而是爬着前进。他漠不关心地想,这可能是比尔呢。他一点也不感兴趣。事实上,他早已失去一切兴致和热情,连疼痛的知觉也失掉了,仿佛胃部和感受神经都已经死去。但是,他的生命之火还没有熄灭,求生的意志不断把他往前推。正是由于这不息的生命力,这些天来他才一直嚼着浆果,吃着小鱼,烧着水喝,时刻警戒着那只病狼。

他跟着地上的拖拽痕迹走,尽头有几根刚被啃过的骨头,四周的湿青苔还留有狼群的脚印。他看到了一只鹿皮袋。它跟自己的袋子成对,可现在已经被尖牙撕得不成样子了。袋子很重,他几乎用尽了整条手臂的力量才把它提了起来。看来比尔一直都把金沙带在身上。哈哈!他心想,自己一定要活下去,把这袋子带到海边那艘船上,这样就能嘲笑比尔了。他沙哑地笑着,笑声像乌鸦叫声一样怪诞而可怕。那只病狼也发出了几声哀嚎。可是,如果这些一红一白、被啃得一干二净的骸骨真是比尔的话，自己还能跟他开玩笑吗？他呆住了，笑声戛然而止。

他转身走开了。不错，当初是比尔抛弃了他。但是此时，他决不会拿走比尔的金块，也不会吮吸他的骨头。不过要是情况刚好相反，比尔说不定真能干出这种事情来。他一边蹒跚走着，一边沉思起来。他来到一个水坑旁，俯过身去，看水里有没有小鱼，却又像触电似的把头缩了回来。他从水坑的倒影中看到了自己的脸。这张脸实在太可怕，吓得他一下子恢复了知觉。同时，他还看到水里有三条小鱼，可是水坑太大了，要把水舀干要花上不少时间。他想用小铁桶把鱼舀上来，尝试了几次，都失败了，只好放弃。他知道自己的身体已经极其虚弱，要是拼命舀的话，说不定一不小心就会栽进坑里淹死。也正是因为这个原因，他才没有选择顺着水流漂流到船边，而选择了步行。

一天下来，他离捕鲸船近了三英里；第二天，又缩短了两英里，可是他现在已经像比尔一样，只能爬着前进了。到了第五天，他离船只有七英里了，可是他连爬上一公里的力气也没有。小阳春天气还持续着，他不停地向前爬，又不停地晕倒，病狼还跟在他身后，时常咳嗽和喘息。他的膝盖已经跟双脚一样，布满血肉模糊的伤口。虽然他已经从衣服上撕下了不少布条，来垫着膝盖，可是在他爬过的青苔地和岩石上，还是留下了一条清晰的血痕。他偶然回过头来，看见那只狼如饥似渴地舔着地上的血。他马上料想到自己的结局，所以唯一的出路就是自己先干掉这只狼。于是，一个虚弱地爬行的人和一只一瘸一拐的狼之间，一场自然界的求生悲剧就要上演了。他们都拖着垂死的身躯，走在穿越荒野的路上，互相觊觎着对方的生命。

如果这是一只健康强壮的狼，他倒也释怀。可是一想到自己要成为这只令人作呕的病狼的盘中餐，他就感到无比厌恶。正想着，他的思绪又恍惚起来，眼前又出现了幻觉。现在，他清醒的时间越来越短了。

有一次，他从昏迷中醒过来，马上感觉耳边传来一阵喘息声。那只病狼看他醒过来，立即跛着脚往后一跳，却因为身体虚弱，重心不稳而摔倒了。这场景荒唐可笑,可他一点也笑不出来。他没有害怕,也觉得没什么可怕的。脑袋清醒的他躺在地上,默默思索起来。船现在离自己只有四英里了,当他揉开眼中的迷雾时,已经能清晰看到船身,甚至能看到在它旁边,有一只小艇扬着白帆,在波光粼粼的海上破浪行驶。但他冷静地分析过,知道自己是不可能爬过这四英里的了,甚至连半英里也爬不过去。可是他还不想死。他先前熬过如此多的苦难,要是现在死去的话,就太不值了。命运对他苛求太多,但哪怕已经奄奄一息,他也不想死。别人兴许会认为他的想法太疯狂,可是对他来说,即便死神已经来到他跟前,他还会选择与之抗争。

他闭上眼睛,强迫自己镇定下来。令人窒息的疲惫感如潮水一般,从身体每个角落涌出来,可他还是努力打起精神,不让此起彼伏的疲惫的潮水把意志吞没。有时候,他只能盲目地划着双臂,祈求在疲倦的浪潮中尚留一息;有时候,他奇迹般的清醒过来,凭着意志的力量,又能矫健地破浪而行。

他一动不动地仰面躺着,听着病狼缓慢的喘息声越来越近。只见声音近了一点,又近了一点,他还是没有动。狼已经来到他耳边了,像砂纸一般干燥粗糙的舌头舔上了他的脸。终于,在意志力的驱使下,他艰难地伸出了手,可是那些已经直不起来的手指却抓空了。快捷而精准的动作需要不少力气,而这也正是他缺乏的。

这匹狼倒是耐心得可怕,但他也一样。他纹丝不动地躺了半天,努力撑着让自己不晕过去,静静地等待着狼再次走过来,然后一举把它干掉。疲倦的潮水又向他涌来,让他做上长久的梦。可是,即便在睡与醒之间,他也在倾听着狼的喘息声,等待着那条粗糙的舌头再次舔上自己的脸。

他好一段时间没有再听到狼的呼吸声。慢慢从一个梦境中醒过来的时候,他依稀感觉自己的手正在被一条舌头舔着,接着,一把尖牙轻轻地压了上去,而且越压越重。显然病狼用尽了最后一丝力气,想把尖牙深深地插进这个伺候多时的猎物身上。他等待这一刻也等很久了,那只被咬破了的手以最快的速度一下子抓住狼的下颚。正当狼无力地挣扎着的时候，他马上伸出另一只手，一把抓住了狼的脖子。过了五分钟以后，他又翻过身来，把全身的重量都压在病狼上。发现双手不够力气把狼掐死，他就张开嘴朝狼的喉咙咬过去。不一会儿，他的嘴巴已经塞满了狼的毛发。半小时过去以后，一股暖流滑过他的喉咙。液体的味道不太好，他感觉自己的胃像被硬生生地灌下了铅液一样。但也正是求生的意志，让他把液体吞进了肚子。终于，他翻过身来，仰面睡了过去。

在贝德福德号捕鲸船上有几个科学探险队的科学家。他们站在甲板上，远远看到海滩上有一个奇怪的物体，正从沙滩一直朝海边挪动着。他们也不知道那是什么，于是在探索精神的驱使下，他们跳进了船旁的捕鲸小艇，朝岸边出发。随后，他们发现那原来是一个活物，可是怎么也看不出来是个人。这个人双目失明，已经失去了知觉，却还像一条大蚯蚓一样不停向前挪动。他每次使劲向前爬，其实并没有爬多远，可是依然坚持不懈。他全身扭动着、翻滚着，一个小时只能爬个二十英尺。

三个星期以后，他躺在贝德福德号捕鲸船的卧铺上，向人们述说自己的身份和荒野中的经历，眼泪禁不住从干瘦的脸庞上滑了下来。他又语无伦次地说起自己的母亲，说起南加州的阳光，和自己那个被果树、橙花围绕的家。

又过了几天，他终于能下床，跟科学家和船员们坐在桌子边吃饭了。他心满意足地望着眼前数不尽的食物，眼神一刻也挪不开，仿佛稍一走神它们就要被别人吃掉一样。每当别人咽下一口食物时，他眼神里总流露出深深的惋惜之情。虽然现在已经清醒过来了，可是每次吃饭的时候，他总要怨恨起这些人来。他老是担心食物终有一天会吃光，也不停向厨师、服务员和船长打听船上还剩多少食物。尽管他们一再向他保证，可是他还不相信，总是自己偷偷地在粮仓附近溜达，看个究竟。

他越长越胖了，也日渐结实起来，连科学家们也皱着眉头，对他说教起来。他们开始控制他的饭量，可是他腰身仍然越长越粗，连衣服都被撑得满满的。

　　知道原因的水手们都咧嘴笑了。后来科学家们监视他一举一动以后，也顿时一清二楚。他一吃完早饭，就无精打采地四处游荡着，像乞丐一样对水手们伸出双手。一个水手咧嘴笑了笑，把一小块压缩饼干给了他。他马上贪婪地抓住饼干，像守财奴看到金子一样，迅速把它塞进胸前的口袋里。其他水手也一样，都笑着给他"捐献"了不少饼干。

　　这些科学家们非常谨慎。他们随他去，但暗地里检查起他的床铺来。只见他的床上铺着一层层饼干，床垫也被饼干填得满满的，甚至在每个角落、每条缝隙里，饼干都无处不在。可是他神志是清醒的，只是为将来可能出现的饥荒囤好粮食而已。科学家们都说，他会好起来的。而在贝德福德号到达旧金山港之前，他也的确做到了。

手推车

［日］芥川龙之介

徐晓淑 译

良平八岁那年，小田原和热海之间开始修轻便铁路。良平每天都去村口工地上看铁路施工——说是去看施工，其实只是去看手推车推土而已——当然，他是去看热闹的。

两个推土工人蹲在装满土的手推车上，因为是在下坡，所以不用人去推车子也自动地往前跑。随着车子跑起来，推土工人穿着的和服外套的下摆也被风吹得摆来摆去，车子顺着狭窄的火车轨道曲曲折折地往前滑行——良平看着这一幕，甚至一度幻想当上推土工人，就算当不上，也想象着最起码能和推土工人一起坐一次手推车。手推车跑到村口的平地上后就自动地停下了，这时推土工人矫健地从车上跳下来，将车上的土倾倒在火车轨道的尽头，然后再往之前来的山上方向使劲地推车。良平那时心想就算是坐不了车，让他推推车他也就心满意足了。

二月上旬的一天傍晚，良平和小他两岁的弟弟，还有和弟弟同龄的邻居家小伙伴一起去了村口停放手推车的地方。薄暮之中，上下沾满了泥的手推车在空地上并排摆放着。三个小孩子瞅了一圈见没有推土工人的身影，于是蹑手蹑脚地把最边上的一辆车给推走了。在三个人的力量下，手推车的轮子咕噜咕噜地转动了起来。良平陡然听到车轮转动的声音不禁吓出了一身冷汗，不过接下来再听到这声音就已经不害怕了。吱扭……吱扭……伴随着这吱扭声，在三人的合力下，手推车慢慢地爬上了轨道。

"快呀，上来吧。"

他们手一撒，紧接着跳上了手推车。车子刚开始速度还比较慢，之后越来越快，顺着轨道"一口气"冲了下去。两侧的风景好像被轨道尽头劈作两半一般，唰唰地在眼前闪过。迎着傍晚的微风，坐在梦寐以求的手推车上——良平高兴得几乎忘乎所以了。

不过手推车两三分钟便到达了终点。

"快，再推上去吧。"

良平和两个弟弟又把车子推了上去。不过车轮还没动弹呢，突然身后传来了一阵脚步声，脚步声又立刻变作了怒骂声，

"谁让你们去碰手推车的?"

一个穿着印字短褂，头戴不合时宜的草帽，高大威猛的推土工人伫立一旁高声喊道。当然，他们三人跑出去十来米远了，良平才敢回头看了那人。那次之后，良平再见到工地上的手推车，就再未想上去坐了。但是那时那个推土工人的身影，直到现在都深深地印在良平的脑海中——暮色苍茫中，一顶黄色的小草帽——不过就是这份记忆，也是一年比一年淡薄了。

那之后十来天的一个午后，良平又独自一人去了工地上，出神地望着来来回回的手推车。今天工地除了推土的手推车之外，还有一辆推枕木的手推车，车子正顺着将来用作干线的轨道，也就是粗一些的轨道往上爬。推着这架手推车的，是两个年轻的小伙子。良平莫名觉得他们比较容易亲近，心里琢磨着这两人肯定不会骂自己的，于是跑到了手推车旁边试探道：

"叔叔，我也来帮忙推车吧?"

其中一个身穿条纹衬衫的小伙子，边低头推车边说道，

"好啊，来推吧。"这比良平料想得还要爽快。

良平去到两人的中间，鼓起劲推起车子来。

"你还挺有力气的嘛。"

另外一个耳朵上夹支烟的小伙子，夸奖良平道。

随着轨道的坡度变缓，车子推起来也越来越轻松。"可以不用推了"——良平心里非常期待听到这句话。不过，两个年轻的推土工只是腰比之前略挺直了些而已，仍是默默地推着车子。良平最终还是忍不住了，怯生生地问道，

"我们要推到什么时候呀？"

"什么时候都行的。"

两人同时答道，良平心里庆幸真是碰上好人了啊。

往前推了五六百米之后，轨道的坡度又突然变得陡了起来。火车道两侧全都是橘园，黄澄澄的果实在太阳光下金灿灿的。

"还是上坡路好，可以随便让我推。"良平边想着，边铆足全身力气去推车。

车子爬上橘园之后突然开始下坡。这时穿着条纹衬衫的小伙子对良平喊道，"快跳上来"，良平便腿脚麻利地跳了上去。空气中溢满了橘园的香味，三人蹲在手推车上，车子沿着轨道"唰"地往下滑去，良平的和服裾子因灌满了风鼓囊囊的。"比起推车来还是坐车舒服多了"，"要是去的时候推车多，那回去肯定就坐得多了"。——这自然都是不用说的，不过良平还是郑重其事地在心里琢磨着。

车子行进到路边生有一片竹林的地方便不再自动往前跑了，三人下了车子，又像之前那样用力地推了起来。不知不觉他们三人便从竹林推到了杂木林。这里是一处缓坡，满地都是堆积得厚厚的落叶，甚至锈迹斑斑的轨道都被覆盖得完全看不到了。走完这段路之后车子爬上了一座高高的悬崖，悬崖下面便是渗着森森寒意的广阔的大海。这时，良平突然意识到自己走得太远了。

三人再一次跳上手推车，在杂树枝下面穿行而过，车子右侧就是辽阔的大海。但是良平这回并没有像之前那样开心。"要是让我回去就好了。"——良平心里已经开始有这个念头了。不过，要是不到达终点的话，他们也好，手推车也好，都是回不去的，这一点他心里非常清楚。

手推车再一次停下来，停在一所茅草茶棚前。两个推土工人走进店里，同背上背着个吃奶娃娃的老板娘悠闲地喝起茶来。良平一个人焦急地围着推土车瞧来瞧去，他看到结实的车板上，粘上来的泥都已经干巴巴的了。

一会从茶棚里出来后，耳朵上夹着烟的那个小伙子——这时耳朵上已经没有烟了——把用报纸包着的一些粗点心递给了良平。良平冷冷地说了声"谢谢"，不过他马上为自己的冷淡态度感到内疚。好像是为了掩饰自己的冷淡似的，他慌忙将一块点心塞进了嘴里，可是点心吃起来却好像沾上了报纸的油墨味。

三个人推着车子爬上斜坡，良平虽然手上在推车子，但是心里却是思绪纷飞。

从这个斜坡下去，又有一个同样的茶棚。推土工人进了茶棚，良平则坐在推土车上，心里只想着回家。茶店前面的梅花正在盛开，夕阳渐渐西斜。"天都黑了"——他心里着急起来，无精打采地坐下，一会儿踢踢推土车的轮子，一会儿自己推推车——虽然明知道自己一个人推不动——他心思都放在这些上面了。

推土工人从茶棚里出来后，将车上的枕木重新摆了下，漫不经心地对他说道，

"你快回去吧，我们今天要住在那边的。"

"回去晚了家里人会担心的。"

良平突然间愣住了。天都快黑了，去年年底和母亲一起去了趟岩村，走的路也不过今天的一半；待会得自己一个人回去——良平一下子意识到了这些，委屈得都快哭出来了。不过哭也无济于事啊，现在不是哭的时候。他扭扭捏捏地给两个年轻的推土工人鞠了一躬道了声谢，就蹬蹬蹬地沿着轨道往回跑去了。

良平一鼓作气沿着轨道跑了开去，跑着跑着，觉得怀里包着点心的报纸碍事，就顺手丢到了路边，然后顺带着把脚上的木底草鞋也脱下来丢掉了。脚上倒是轻松了，不过小石子却老是往他的薄布袜里头钻。他又爬上了一处陡坡，左边就看得到辽阔的大海。良平觉得自己

眼泪快要涌出来的时候，就下意识地把头往边上一撇——虽然强忍着，不过鼻子还是抽搭了起来。

穿过竹林，看到日金山上空的漫天晚霞也已开始慢慢地消退，良平越发忐忑不安起来。不知这是不是因为去程和返程的日色已悄然变幻的缘故，不过景色的变幻也是让他心里惶惶不安的原因之一。良平这时又觉得身上湿透了的衣服实在讨厌，边铆足劲往前跑，边把和服裨子脱掉扔在了路边。

跑到橘园的时候，天已经大黑了。"谁来救救我啊。"良平心里嘀咕着，跌跌撞撞地往前赶。

跑了好一段夜路，良平终于看到了村口的工地，这时候真是想痛哭一场啊——虽说他早就哭过鼻子了——不过最终还是忍了下来直奔家里去。

良平进村子后，路两边的人家里都已经打开电灯了，不过他对那电灯光无甚好感，这一点他自己也清楚地知道。一路上有去井边打水的妇女，也有从地里干活回来的男人，看到良平跑得气喘呼呼的，都问他怎么了，他却是一声也不吭。良平穿过杂货店、理发店，亮堂堂的人家，径直往家里奔去。

良平跑到家门口的时候，终于忍不住哇哇地大哭了起来。父母一听到良平的哭声马上跑了出来。母亲边嘴里念叨着，边把良平拥在了怀里。良平手脚抽搐着，一个劲抽抽搭搭地哭鼻子。可能是哭声确实太过高亢了，三四个邻居大婶听到后也围了上来。父母还有邻居大婶们七嘴八舌地问良平怎么回事。可是不管如何问，良平都只是一个劲地哭，别的什么都不说。跑了那么远的地方，现在再回头想想一路的忐忑不安，良平觉得好像怎么哭都不足以抚慰自己似的……

二十六岁的时候良平与妻子一起去了东京，现在在一家杂志社的二楼做校稿工作。良平现在时常会莫名地想起那个时候的自己来。细细想来难道完全是莫名的？不过现在疲于奔波的他也确实同那时候一样，不时地遇上幽暗丛林和斜坡陡路。

青 春

[英]约瑟夫·康拉德

黄园园 译

只有在英国，这事才可能发生。因为只有在英国这样一个国家，海洋才会如此融入人们的生活。在这个国家里，一般人总是或多或少了解海洋，了解海上的消遣方式、旅途生活以及海上的艰苦营生。

我们好几个人围坐在桌子旁。这是一张红木桌子，桌上摆着的酒瓶、红葡萄酒杯还有我们的脸儿都倒映在桌面上。围坐的几个人，分别是公司董事、会计、律师、马洛还有我。董事曾是"康威号"的水手，会计也在海上呆过四年；律师是一位优秀的保守党，虔诚的高派教会信徒，一位风姿卓著的老人，饱含着一颗荣耀之心，他曾经在鼎盛一时的"英国轮船公司"的船上当过大副。当年的邮船，那叫一个气派！高高扬起的横帆，少说也有两根桅杆，还有那高高低低扬起的好些辅助帆。这船通常借着和顺的季风就能顺利抵达中国海。我们五个人都是从商船上开始自己的谋生之路的，所以我们的命运与情谊都与海洋联结在一起。这种联结不是对游艇和航行的简单热爱，而是将它们更深地融入了我们的生命，前者是生活中的消遣，后者却是生活本身。

马洛——至少我想他是这样拼写自己名字的——给大家讲了一个故事，或者说是一段航行史。

"的确，我看到过一些东方的海洋，我记忆中最清晰最深刻的是第一次抵达那里的航行。你们知道,有些航行就像上天冥冥之中安排来阐明人生,作为生命存在的象征一样。你奋斗、苦干、流汗,几乎拼了命,有些时候的确拼掉了性命,只是为了做成一件事,结果还是事与愿违。这并不是你的过错。你什么也做不成,大事也好,小事也罢,世上就没有你能做成的事,就连娶一个老姑娘,或者把可怜巴巴的六百吨煤运到指定的港口,也办不到。

"那次航行是值得纪念与回忆的,因为是我第一次航行去东方,又是我第一次当二副,还赶上我的船长第一次带船,这让我们不得不承认,这次航行是多么难得的巧事儿。船长六十来岁的样子,小个子,腰背宽大,身子却不怎么挺直,肩膀向前弯,有一条腿往外扭曲得厉害。他的模样有些扭曲古怪,这是庄稼汉常见的样子,他的脸儿就像一副胡桃钳子,下巴尖与鼻尖几乎拧到一块儿,遮住了整个瘪进去的嘴巴。他那嵌在脸上的一溜铁灰色绒毛般的须发,有点像洒上煤屑的棉织品帽带。他苍老的脸上长着一对孩童般清澈的蓝眼睛,流露出坦白直率的神情,这种神情就是那些有着纯洁与正直心灵的人常常流露出的神情。为什么挑中我担任二副,我也说不清楚。我本来是一条走澳洲线的豪华快艇上的三副,那会儿刚好离职。他似乎对这种豪华快艇有偏见,认为太贵气时髦。'要知道,上我这船是要干活的啊。'他跟我说道。我说不论到哪一条船,我都得干活,一向如此。'哦,好吧,可是这里情况不一样,而且你们是从这种大船出来的先生……但是,我还是相信你能行,明天就来,加入我们的行列吧。'

"于是,第二天我就去了。已经过去二十二年了,那时我才二十岁!时间过得真快!现在想想,那一天应该算是我有生以来最快乐的一天了。那是我第一次当上二副,一个真正担当重任的职位!这可是我梦寐以求、千金不换的职位!见面时,大副从头到脚把我仔细地审视了一番。虽然他跟船长年纪相仿,可与船长却分明不是同一类人。他长着一个罗马式的鹰钩鼻,留着长长的雪白的胡须,名叫'马洪'。不过他总是跟大家强调他的名字应该念做'曼恩'。他有很不错的交际圈子和亲戚朋友,却总是少了点运气,所以从来也不曾风光得

・109・

意过。

"说起船长,他多年来一直跟随沿岸的商船讨生活,中途还在地中海的商船上待过,最后留在了走西印度群岛的商船上,至今没有绕过好望角。他勉强能写几个字,却从来不写,大概是不屑于写什么东西。船长和大副都是经过大风大浪的顶级船员,我这个二副夹在这两个老头儿中间,显得多么稚嫩,我觉得自己就像个小孩儿跟两个老爷爷在一起。

"这是一条名叫'犹太号'的老船——这名字是不是很怪?它最早的主人是一个叫做'威尔墨'或'威尔科克斯'的人。这个人早就破产了,现在已经去世二十多年了,因此也没有人在意他究竟叫什么名字。这条船本来搁置在夏德维尔码头很长时间了,可以想象它当时的那副光景:锈迹斑斑,满是尘埃、污垢,上面是厚厚的一层烟垢,甲板上满是污泥。从豪华快船到这条破旧的小船,我突然感觉自己像是从一座宫殿走进了一间破败不堪的小茅屋。这是一条四百吨左右的船,极其简陋的起锚机,木头做的门闩,船上几乎看不到一片黄铜,大大的方形船尾上,赫然写着几个大字——'犹太号'。大字的底下是许多画上去的螺旋饰,镀金已经脱落,另外还有些类似盾形纹章的图案,图案的下方刻着一句铭文:'死而后已'。还记得当时我是多么迷恋这句话,总觉得这话里暗含着那么点浪漫的情调,让我倾心,渐渐喜欢上了这条老船。

"离开伦敦时,我们在船上堆满了压舱的沙包,准备去北方的一个港口运煤去曼谷。曼谷!我在海上待了六年,还只去过墨尔本和悉尼,这些虽说都是好地方,各有各的迷人风光,可是曼谷,真让我兴奋得无以言表!

"我们扬帆起航到了泰晤士河。船上有一个北海的引航员杰尔明。他几乎一整天都躲在船上的厨房里,不分时间地在炉火前烘着毛巾。很显然,他从来不睡觉。他看起来很阴郁,鼻尖上似乎永远都有一颗泪珠在闪光。我想他如果不是受过苦难,就是正在遭受苦难,或者在等待着苦难,看起来不出点乱子,遭点苦,他是不会高兴的了。他信不过我这个毛头小伙子,怀疑我的常识以及我的航海技术,因此总是变着法子在一些小地方来表示他对我的看法。其实他并没有看错,那时的我确实懂得很少,即便是现在,我也没长多少见识,可是直到如今我还恨着这个杰尔明。

"我们航行了一星期,刚到雅茅斯就碰上了暴风。那是一场发生在二十二年前的众所周知的十月暴风。狂风、闪电、冰雹、雪花,还有那一片咆哮着的恐怖的大海,我们的船感觉轻飘飘地飞起来了。可以想象当时的情况有多糟:舷墙被大浪打碎了,甲板上到处都是水。更糟糕的是,到了第二个晚上,压舱的沙包滚到了船头的下风处,我们已经被刮到道格海岸附近了。没有办法,我们只好拿着铁锹到下面去把船身摆弄平衡了再说。那宽阔的舱底看起来阴森森的,我们像钻山洞那样爬了下去。固定在横梁上的蜡烛在颠簸中变得忽明忽暗;暴风在我们头顶上怒号嘶喊;船身发狂似的颠簸着,在大浪中左右摇摆;船上所有人尽管都站不住脚,却仍发疯似的用铁锹拼命铲着湿沙往上风向堆,看起来像在掘墓。船身颠簸时,借着昏暗的灯光,可以隐约看见有人连着一把把铁锹被摔向空中。当时我们船上有两个仆役,其中一个仆役看到这惊险的场面,吓得直哭。他躲在昏暗处呜呜地哭,听得我们肝肠寸断。

"到了第三天,暴风终于停了。我们被一条北方来的拖船带了回来。从伦敦到泰恩河,花了整整十六天!等我们到船坞时,早已失去了这个运煤的机会。我们的船被拖到一个码头,在那儿,我们一待就是一个月。

"比尔德船长的太太为看看自己的老头子,特地从柯彻斯特赶来,从此她便住在船上。经过那场风暴,船上临时雇佣的水手都走得差不多了,只剩下几个高级船员,一个仆役,一个管事。管事是个黑白混血儿,大家都叫他亚伯拉罕。比尔德太太已经是个老太婆了,布满皱纹的脸儿红红的,像冬天里的红苹果,让人吃惊的是,她仍保持着少女般曼妙的身材。有一次,我正在缝一颗纽扣,她看见了就坚持要替我缝补。这跟我以前在那些豪华快艇上当班时碰见的船长太太真是天壤之别。当缝补完我的那一件件衬衫后,她还继续问道:'袜子呢?我肯定它们也需要缝缝补补了。约翰·比尔德船长的东西现在都理得整整齐齐了,我得做点其他事情才高兴。'那时,我第一次读到《衣裳哲学》[①]和博纳比的《基伐骑行记》[②],还不太能够读懂前一本书。还记得那个时候,对于军人和哲学家,我总是更喜欢前者。这种喜好在我随后的人生经历中被不断巩固。对于我来说,这两种人,一种是正常人,而另一种不是超人就是下等人。而如今,这两种人都不复存在了。比尔德太太也早已逝去。青春、力量、天才、思想、成就、纯朴的心灵,都已逝去⋯⋯可是,这一切又如何呢!

"后来,我们的船总算装上了货。我们雇佣了一批新人,包括八名熟练的水手和两个仆役。一天晚上,我们把船开到船坞门口的浮标旁,看情形第二天一大早就可以起航。比尔德太太准备坐晚些的火车回去。一切准备就绪,我们一起去用茶点。吃茶点时,大家都不怎么开口说话了。我第一个吃完饭,溜到外面去抽烟了。我的卧室在舱面室里,靠着船尾。此时正是海水处于高水位的时期,外面海风凉爽,夹着丝丝细雨。船坞的两扇闸门敞开着,运煤的汽轮打着明亮的照明灯,在黑夜中穿梭,只听见推进器"哗啦哗啦"的水溅声,绞盘"咔嗒咔嗒"的响声,还有码头上那迎来送往的喧闹声。我远远地望着高空中一排排桅灯和低矮处一行行绿灯从黑夜中退去。突然,我眼前红光一闪,瞬间便消失了。当红光再次出现时,一条汽轮的船头已隐约逼近了我们的船。我忙向下面舱房喊道:'上来,快!'瞬间听到不远处的黑暗里,传来急促的铃声和慌张的喊声,'快停,船长!''要撞上前面的船了,船长!'得到的却是一声生硬的回答'不会有事!'接着是一阵沉重的撞击声,汽轮的船头斜斜地撞上了我们的前缆!

---

① 《衣裳哲学》,英国作家卡莱尔(Thomas Carlyle, 1795—1881)的一部唯心主义作品。

② 博纳比,英国骑兵军官,《基伐骑行记》是他在 1876 年旅行该地时写的一本游记。

"片刻,呼号声,奔跑声,蒸汽机的咆哮声,此起彼伏,船上一片混乱。只听见有人喊道:'好了,船长,警报解除。'……'你们没事吧?'那艘船的船长生硬地喊道。我跑到前面去查看了船受损的情况,便接着向那人回喊'没事!''慢慢往后退。'他的语气还是那么生硬。又是一阵铃响,'你们这条船叫什么?'马洪高声问道。此刻,这条汽轮看起来就像一个在附近漂移的庞然大物,黑暗中显得模糊不清。他们朝着我们喊出了一个不知是'米兰达'还是'梅丽莎'的女人名字。

"'看来,我们又得在这个狗窝里待上一个月了。'马洪冲着我说,我俩正提着灯查看被撞碎的舷墙和撞断的转帆锁,'船长怎么不见了?'

"有好一会,我们既不闻其声,又不见其人,赶紧跑到船尾去找他。突然听到有人在船坞的中央哀号:'犹太号,喂!啊嗨!'

"'见鬼,他怎么会跑到那儿去呢?''喂!'我们向他呼喊。'我在船上漂荡,我没有桨!'船长也在叫喊。幸亏有个晚归的船夫,在跟马洪一番讨价还价后,答应收两个半先令的酬劳替我们把船长搭救上来,不过先爬上梯子的却是比尔德太太。原来船长和太太在一起!冷冷的细雨里,他们两个在船坞里漂荡了差不多一个小时,这让我很吃惊。

"原来,船长一听到我'上来'的呼喊声,就清楚发生了什么事情,迅速抱起他的太太,跨上甲板,奔到船边,跳进拴在软梯旁的小艇里。要说,一个六十岁的老头儿这么麻利可真不容易。大家可以想象,他是如何英勇地将这位他生命中挚爱的老妇人守护在怀里的。他把太太放在小艇的座板上,准备爬回船上时,却不料系船的绳子已经松开。于是,他们俩就这样乘着小艇漂出去了。在那片混乱中,我们自然听不到他的呼喊。船长看起来有点不好意思,她却兴奋地说:'这下我赶不上火车也没关系了吧?''嗯,珍妮,你先到下面去,暖和暖和。'他发牢骚似的冲她嚷嚷。接着,他对我们说:'要我说,咱干船员这一行就不该讨什么老婆。我都被弄到船外去了。幸好这次我们没什么损失,现在我们去看看那条汽轮被撞成什么破烂样了。'

"虽然没什么损伤,可我们还是因此耽搁了三个星期。过完这段时间,船长正忙着跟人商谈事务,于是就安排我提着比尔德太太的行李,送她去火车站。我把她护送到三等车厢后,她放下车窗,对我说:'你是个好青年,如果你看到约翰·比尔德船长晚上没系围巾,请告诉他我要他好好保护自己的脖子。''太太,您放心,我会照办的。'我回答道。'你是个好青年,我看得出来,你平常处处照顾约翰。'火车忽然开动了,我向这位老太太脱帽告别。从此以后,我再也没有见过她……把酒递给我。

"第二天,我们就出发了。从伦敦出来到启程去曼谷,我们花了整整三个月的时间!我们以前还以为这一趟航行下来顶多半个月。

"那是一月,天气绝佳。阳光灿烂的冬天比夏天更让人着迷,因为这样的冬天往往是预计不到,可遇不可求的。并且,这种好天气不会也不可能持续很长一段时间,就好比上帝偶然赏赐的一次好运,发一笔横财。

"好天气一直持续到我们航行至北海,英吉利海峡。直到距蜥蜴岬①西面还有三四百英里的地方,刮起了西南风。呼呼的风刮了两天就变成了暴风,'犹太号'被迫停了下来。它在大西洋的大浪里翻滚颠簸,就像一个古老的蜡烛箱。暴风一天天不停地刮着,恶狠狠地,片刻不息,毫不留情。整个世界仿佛只剩下这滔天的巨浪翻腾着朝我们冲来,头上的天空低低的,伸手可及,黑乎乎的像被烟熏过的天花板。我们处在这暴风的漩涡中,无边无际的浪花和空气一样稠密,压得人喘不过气来。一天又一天,连续几个日日夜夜,我们四周什么都没有,只有怒号的暴风海啸,还有那滔滔巨浪拍击甲板的声响。船和我们这些人都休想得到片刻的清静与安宁。船一刻不停地上下颠簸,左右摇晃,前后侧倾,呼号呻吟。若在舱面上,就得牢牢抓住固定的东西;若待在舱下,就得紧贴着床铺,时时刻刻提心吊胆,惴惴不安。

---

① 蜥蜴岬:位于英国本土的最南端。

"一天晚上,马洪隔着卧室的小窗子跟我说话——我的床正朝着窗户。我躺在床上,脚上的长靴也没脱,怎么也睡不着,虽然感觉好像有几年没睡过觉了,可偏偏却怎么尝试也睡不着。他兴奋地冲着我说:

'马洛,你有没有测量杆?我没法让抽水机抽水了,老天爷,这可不是闹着玩的!'

"我给了他测量杆,又回床上,开始没头没脑地胡思乱想起来,可是充斥我脑中的只有那些该死的抽水机。后来,我爬上甲板。他们仍在苦干,我在抽水机旁交了班。借着甲板上观察测量杆用的那盏灯发出的光,我瞥见了他们那一张张紧张严肃而又疲惫不堪的脸。我们一刻不停地抽了整整四个小时的水。整夜、整天、整个星期,我们都在抽水!就这样一班接着一班。船似乎要散架了,水漏得厉害。水还不到马上淹死我们的地步,我们却要被累死在这抽水机边上了。正抽着水,这条船却要变得支离破碎,一块块离我们而去了。舷墙刮没了,支撑杆掉了,通风管给撕碎了,舱门给冲开了,船上已经找不出一块干爽的地方。船正被海水一块块挖空、吞没。绑在船上的快艇,像被施了魔法一样,一转眼的工夫便成了一块块木片。这快艇是我亲手绑起来的,看着它能够和惊涛骇浪对峙那么久,我对自己的捆绑手法还感到得意。我们仍然在片刻不停地抽水。天气看起来没有丝毫转机。大海白茫茫一片,无边无际的白色泡沫就像一锅沸腾的牛奶;黑压压的乌云密布,没有一丝破绽,就连巴掌大的缝隙也没有。对我们来说,天空不存在了,星星没有了,太阳也没有了,甚至连整个宇宙时空都消失了,什么也没有,有的只是狂暴的乌云与愤怒的大海。为了活下去,我们一茬接着一茬拼命地抽水。就这么没日没夜地干着,我们好像一口气过了好几个月,好几年,直到地老天荒。我们像死去一般,在地狱里当水手。我们早忘了现在是星期几,哪一月,哪一年,甚至忘了我们是否曾经在陆地呆过。船帆被风刮跑了,船的舷侧倾倒了,海水从船上的油布上泼下来,可我们毫不在乎。我们瞪着呆滞的双眼,只顾着疯狂地转动着抽水机的摇柄。只要有人爬上甲板,我总会用绳子把人、抽水机连着主桅杆一起拴起来。我们转动,不停地转动抽水机。水已经涨到我们腰间,没到我们的脖子,水要漫过我们的头顶了!似乎一切都融为一体了,我们早已忘记了干燥的滋味。我的内心闪现出这么一种想法:好家伙,这次冒险真他妈的跟书上写的一样,这可是我第一次当二副的处女航,而且我才二十岁。我毫不退缩,坚持下去。我和这里的每个人一样,不会比任何人差,而且我还带领着我的手下个个守职尽责。想到这,我心中涌起一股前所未有的成就感。就因为这,我无法割舍这样的冒险经历,就算拿整个世界和我交换也办不到。我也有得意的时候。在我看来,这条破败的老船把船尾朝天竖起来时,仿佛是要把船尾的那几个字'犹太号','伦敦,死而后已'无情地抛向乌云,作为控诉,作为反抗,作为呼号!

"啊,青春!它的力量,它的信念,它的想象力!这条船对于我不仅仅是为了赚取运费而载着一大堆煤跑东跑西的嘎嘎作响的破烂玩意!对于我,它是人生的奋斗,人生的考验,人生的磨练。现在我回想起它来,还会带着喜悦,带着感情,带着惋惜,就像想起死去的亲人一样。我永远也忘不了这条船……把酒瓶递过来。

"一天晚上,就像我刚刚说的那样,我们一起拴在船桅旁拼命地抽着水,耳朵被风刮得什么都听不见了。我们早已累得筋疲力尽,甚至连想'干脆死了算了'的力气都没有了。一阵巨浪越过我们的头顶,轰的一声拍在甲板上。我刚透过气来,就向他们喊道:'兄弟们,挺住!'这是我的职责所在。在这么喊着的时候,忽然漂在甲板上的一个什么硬硬的东西拍打了一下我的小腿,我伸手去抓,却没抓到。当时漆黑一片,面对面都看不到对方的脸。

"经过这一阵猛烈的冲击之后,这条船稍稍安静了一会儿。刚刚拍打过我的什么玩意儿又在我腿上打了一下。这回我一把抓住了,定神一看,原来是只带柄的小锅。累得头昏脑胀的我们除了抽水机,什么也想不到了,一开始,我竟没意识到自己手里抓的是什么东西。忽然间,我恍然大悟,喊道:'弟兄们,快停下!舱面室完啦,快去看看那个厨子怎么样了!'

"舱面室在船首，里面有个厨房。厨子的床还有水手们的床都在里面。好几天之前，我们就担心这间舱面室可能会被海水卷走，所以安排所有的水手都去了下面舱房里睡觉，那算是船里唯一安全的地方。可偏偏我们的大管事亚伯拉罕，蠢得跟头驴似的，死活不肯搬离舱面室。不过我相信他是因为完全被吓傻了，就好比突遭地震时，牲口总是不愿离开快要坍塌的畜栏。我们一起去找他，需要冒着性命危险，因为我们一旦解开拴在身上的绳索，就像孤零零地站在小船上，毫无防护。但我们还是去了。那间房子就像被扔了个炸弹似的，已经七零八落，支离破碎。一大半东西都被海水卷跑了，火炉、床铺，还有各自的私人物品、财产，都没有剩下。令人惊奇的是，还有两根柱子顽强地挺立着，撑着一部分房舱隔板，而亚伯拉罕的床架就固定在那隔板上。在一堆破碎的物件中，我们摸索到了这个家伙。他就傻坐在那儿，在床架上，被白沫和碎片包围着，已经被吓得疯疯癫癫了，正在傻笑呢。他本来就到了崩溃的边缘，现在又受了这种惊吓，已经完全疯掉了，永远地疯了。我们把他拉下来，拽到船舷，再把他扔给下面舱房里的人。你们想想，我们哪有工夫把他小心翼翼地扶到舱房里去，好好照看他。下面的人会在梯子边把他扶起来的。我们得赶紧回到抽水机边上去，丝毫不能再耽误了，这么大个漏洞可不是闹着玩的。

"似乎老天爷刮起这铺天盖地的暴风就是要把那可怜的混血儿亚伯拉罕逼疯。还不到早上，暴风就停了下来，第二天，天空也晴朗了。海水平静下来，洞就不漏水进来了。当我们装上一套新帆之后，水手们要求把船开回去，除此之外，也没有其他办法了。我们的小艇被刮跑了，舱面被冲得什么都不剩，舱房被掏空了，大家除了身上裹着的衣服，其他一切都化为乌有，粮食也发霉变坏了，船也刮得歪歪扭扭的了。于是，我们掉转船头，准备回航。可是，你们猜怎么着？这会儿又刮起了猛烈的东风！风刮得又猛又急，我们几乎是迎着风浪一时一时艰难地前进。幸好船没有之前漏得那么厉害了，海水也慢慢平静了些。我们四个小时有两个小时在忙着抽水。可就是这样，我们居然最后漂到了法尔茅斯!这可不是开玩笑!

"那里纯朴善良的老百姓看到我们,自然是十分高兴。他们大概是以修葺海难船只为生的。看到我们这条只剩下骨架的破船,一群饥饿的造船匠蠢蠢欲动,加紧磨快他们的凿子。天哪!他们修这条船要价不菲,真像是要扒了我们一层皮。我想我们船老板的日子真是有些窘迫了。先是拖延了好些时候,后来才决定把一部分货物搬上岸,用麻丝填补了舷侧的船缝。漏洞修好之后,其他的修理工作也陆陆续续结束。我们的船重新装载了货物,雇来了一班新水手。我们再次扬帆起航,去曼谷!可是仅仅过了一个星期,我们又回来了,水手们说他们拒绝去曼谷。那是一个一百五十天的航程,在这样一条像小渔船的破船里,一天还要抽三个小时的水。于是我们的航海日志上又多上这么一段话:'犹太号',三桅帆船,从泰恩航至曼谷,运煤,返回法尔茅斯,船身漏水,水手拒绝继续航行。'

"接下来拖延了好几次,又是一番无用的修修补补。船老板有一天来到船里,说这条船好得很,一点问题也不会有。可怜的比尔德老船长看起来就像运煤船船长的幽灵,这三番五次的焦虑和返航的羞辱把他折磨得憔悴不堪。还记得,他当时已经六十岁了,是第一次带船。马洪说这不是件什么好差事,恐怕不会有好结果。而我,比以前更喜欢这条船了,一心想着要去曼谷。到曼谷去!这是多么富有魔力,多么幸福奇妙的名字。美索不达米亚跟它比起来,也算不上什么!记住,我才二十岁,这是我第一次担任二副,遥远而神秘的东方正等着我!

"我们将船开出来,泊在外面,又招募了一批新水手——这已经是第三批了。可是船比以前漏得更厉害了,似乎那些可恨的修船匠不是补好漏洞而是凿了个更大的洞。这一次,我们的船连出海口都没有航行出去。水手们反正就是不愿意去照看绞盘。

"他们把这条船拖回了港口。于是我们成了这片地方的一件摆设,一道风景,一处名胜了。人们指着我们的这条船,向外来参观者介绍道:'看,这就是那条要去曼谷的三桅船,搁在这已经大半年了,都折回来三次了.'每当放假的时候,孩子们便摇着小船,在我们周围喊道:'嗨!犹太号!'如果有人从栏杆上伸出头来,他们便嘲笑着嚷道:'你们到哪儿去?曼谷吗?'船上只剩下我们三个人了。可怜的老船长在下面舱房里发呆,马洪干起了厨师的活。出乎意料地,他倒是把法国人擅长做精美小菜的天分发挥得淋漓尽致。我心不在焉地打理着船索。我们俨然变成了法尔茅斯的一份子。看起来,这里的每个店铺老板都认识我们,不论在理发店还是烟草店,他们总是很熟络地问道:'你们真相信能到得了曼谷吗?'这会儿,船老板、保险商、租船商都在伦敦争吵得不可开交呢,不过我们薪水照领……把酒瓶递过来。

"真是可怕。原来,精神上的折磨远比为了活命而抽水更让人痛苦。我们仿佛被整个世界遗忘,不属于谁,也去不了任何地方;我们似乎被诅咒了,只能永远待在这个该死的鬼地方,被那些祖祖辈辈生活在海边的人们和一些可恶的船夫愚弄和嘲笑。我拿到了三个月的薪水和五天的假期,便匆忙赶往伦敦。去的路程花了一天时间,回来也是一天。可是仅仅这两天,我就花光了三个月的薪水。我不记得钱是怎么花光的,只想起来去了一次音乐厅,在摄政路上的一家高级饭店吃了早餐、午餐、晚餐,回来时,一套《拜伦全集》和一条新买的旅行绒毯,算是我的所有家当,也是我这三个月来的报酬,其他什么也没有了。回来时摆渡的船夫对我说:'嗨,我还以为你离开那破船了。它嘛,是永远也到不了曼谷的。''你就只知道说这些吧。'我鄙视地说道,但对于这个预言,心里还是觉得闷闷不乐。

"然而,就是在这样的情况下,有一个人,以什么全权代表的名义冒了出来。他长着一张酒槽脸,身上透着股不屈不挠的倔劲儿,是个快活的家伙。他一来,船上顿时有了生气。一只旧船开到我们的船边,我们船上的货物都被搬了下来。接着,我们把船开到一处干燥的船坞上,剥下船身上的铜皮。也难怪这船会漏水了,它可怜巴巴地被暴风肆意欺凌,现在好像到了忍无可忍的地步,便厌恶地把夹缝里的填塞物都吐了出来。我们的船被重新修补了漏缝,包了铜皮,紧密得就像全封闭的瓶子。然后，我们又回到那条旧船边，把货物一件件搬回到我们船上。

"于是，在一个明亮皎洁的月夜，所有的耗子都逃离了我们这条船。

"这些耗子可没让我们少吃苦头。它们咬坏我们的船帆，偷吃的粮食比我们吃的还要多，分享我们的被窝，真是些'有福同享，有难同当'的好伙计。现在这条船终于可以航行了，它们也要搬家了。我叫马洪过来一起目睹了这壮观的景象。只见耗子们一只接一只地出现在船栏上，还不忘回头看看最后一眼，便'扑通'一声跳落到破旧的空船里。我们想数数究竟有多少只耗子，可一下子就乱了。马洪说：'好了，以后不要再跟我扯些耗子有多聪明的胡话了。看看这些耗子，那时候我们多危险，差一点就葬身大海了，它们也没选择早走，可是现在我们的船修好了，它们又要从这条好船跑到那样的一条破船上去，那儿有什么吃的！一群蠢货！现在知道关于耗子的迷信是多么不可信了吧？我反正不相信它们会比你我更懂得分辨什么环境更好更安全。'

"大家又谈论了好一会儿，最后一致认为耗子的智慧不过是被人们过分夸大了，其实它们并不比人类聪明。

"我们驾船航行的遭遇几乎传遍了从地极角到福尔兰[①]的整个英吉利海峡，如此一来，我们很难再从南海岸雇到合适的水手了，于是，他们从利物浦派了一整队水手过来。终于，我们又一次扬帆起航了，到曼谷去！

"我们迎着舒适的微风，踏着温柔的浪花，一帆风顺地航行到了热带地区。这条老'犹太号'在阳光的照耀下，显得有点笨重。它通常的航行速度是每小时三海里，看起来慢慢悠悠的，如果把它的速度提高到每小时八海里，船上的一切东西便会咯吱咯吱地响，这个时候

---

① 地极角，英国最西端的海岬。福尔兰（Forelands）在英国东端，从地极角直到福尔兰即为整个英吉利海峡。

我们就得把头上的帽子牢牢地扣在脑门上。这样一条老船——它实在太累了，还能对它指望些什么呢？它的青春和我的青春一样，已经一去不复返，也和你们这些听故事的朋友一样，青春已经流逝。我们不会埋怨这条船，就好像朋友们从不当面说你老或者疲惫一样。在我们看来，这条船的青春奉献给了我们，我们也将自己的青春奉献给了这条船。我们在这条船里出生、成长，呆过不知多少个年头，似乎我们从来不知道还有其他的船存在。换句话说，没有人会因为家乡做礼拜的教堂不是一座大教堂而去责备它。

"我突然发现：在这条船上，我克服了重重困难，接受了大自然的磨练和洗礼，春春已将我磨练得坚忍不拔。整个东方展示在我的面前，饱含着生命的一切。我想起了古代的人们，他们在数百年前，驾着更为原始简陋的船只，不惧风险，沿着我们这条航线，行驶到了那遍布棕榈、香料和黄沙的神奇土地，那里住着棕色的人群，统治者比罗马的尼禄王更血腥残暴，比犹太的所罗门王更骄奢淫逸。老船像个步履蹒跚的老人，艰难前行，而我却在幼稚无知和憧憬希望中度过自己最为宝贵的青春时光。它蹒跚前行，日复一日，似乎永无尽期。落日的余辉斜照在船尾那新漆好的大字'犹太号，伦敦，死而后已'，倒映在海面上。

"我们航行到了印度洋，继续往北朝爪哇岬前进。海上微风徐徐。几个星期过去了，我们的船还是那样往前爬行，死而后已。国内的人们已经准备公告我们误期了。

"一个星期六的傍晚，我下了班。水手们为了洗衣服，提出多要一桶水。我不准备这么晚还去打开淡水唧筒，就拿着钥匙，吹着口哨去船头舱的小舱口。那里有个备用的水柜，里面储满了水。

"我走到那，突然闻到下面散发出一股可怕的熏臭味，就像几百盏石蜡灯一同燃烧冒出的烟味。我走出来，长出了一口气。跟我同去的人呛咳着说道，'先生，这味太怪了。'我漫不经心地回答道：'据说这个对身体有好处。'说着便向船尾走去。

"我一走过去，便低下头查看船中央的通风管道是否出了问题。

当我打开通风管方口的盖子，一股薄雾状的轻烟就慢慢升了起来。这气体还是热的，散发出浓烈的石蜡和烟垢的臭味。我稍稍闻了一下，便赶紧把盖子轻轻地盖上。这种气味实在让人窒息，下面的煤堆分明在燃烧起来。

"第二天，这些煤竟正经八百地冒起烟来。仔细想想，这似乎是可以预料到的。船上的这些煤虽说是安全煤，可经过这么多次来来回回地搬运，已经变得细碎，看起来就像铁匠铺里烧铁的煤块。这些煤后来还泡了不止一次水。我们把煤从那破船搬回来的那一天就一直在下雨。现在航行了这么长一段路程，煤发热自燃似乎也不是那么不可想象了。

"船长把我们叫进舱房。他满脸愁容，在桌上摊开来一张航海图，说道：'我们现在所在的位置与西澳大利亚海岸并不远，可我打算继续航行去我们的目的地——曼谷。但是这个时期暴风频发，我想让大家做好心理准备，我们要一往无前，驶向曼谷，就是烧焦了，也不能再折回去。我想我们可以用隔断空气的办法来熄灭这该死的自燃。'

"于是，我们试了起来。不管什么东西，拿上来就往舱口上钉，可是烟还是从看不见的细缝里冒了出来，船舱壁上，船的遮布上也有烟钻出来，烟从四面八方一缕一缕地冒了出来，就像一片朦胧的薄雾，这真是难以想象。烟闯进了房间，溜到了船头甲板，就是船面上有覆盖的地方也沾上了毒气，主桅的顶上也嗅得出烟味。如果烟能钻出来，那么空气就能够钻进去，这让我们灰了心。不管怎样，船底的自燃就是扑不灭。

"接着，我们决定用水试一试，就把舱口打开了。霎时，一大团一大团的烟直上升到桅杆顶端，白的、黄的、密密的、油乎乎的，雾一般，让人透不过气来。我们全部人马都躲到船头去了，直到风把这阵毒雾吹散了，我们才回到各自的岗位接着干。现在的烟雾，看起来只有一般工厂烟囱里喷出来的那么浓密了。

"我们装好压力泵，接上水管。可是没一会儿，水管就破裂了。好家伙，这水管大概和这条船一样老了。这么一条破旧的水管，已经无法修补了。没有其他办法，我们只能用软弱无力的抽水筒，将水一桶一桶地灌进大舱口。好不容易，冒烟的货舱大舱口才灌满了这印度洋的海水。这些海水在阳光下闪闪发光，渐渐地倾泻到缓缓移动的白烟上，消融在这些黑色煤块中了。蒸汽夹着煤烟一齐冲上来。海水就像被灌进一个无底的大桶里，而我们似乎注定了一路上都要对付海水：之前要把水从船里抽出去，免得被淹死；现在又要把海水灌进去，免得被烧死。

"我们的船在这晴朗美好的日子里继续往前爬行，死而后已。天空蔚蓝纯净，海面光滑、湛蓝、透亮，就像宝石一样闪闪发光，向四方延伸到天边，又消失在地平线上。整个地球就像一颗宝石，一块巨大的蓝玉，一颗独一无二的钻石雕琢成的星球。在这平静光亮的海面上，缓缓前行的'犹太号'却笼罩在一片沉闷的烟雾中，这些烟雾轻飘飘地随着风朝下风向散去。这一团乌烟瘴气真把壮丽如画的海天美景污染了。

"接下来的一段日子，我们自然没再看到火，舱底的煤或许正在什么地方闷燃。一次，我和马洪一起工作时，他古怪地笑着说道：'嗨，只要我们在船上打个洞，就像我们第一次离开海峡时那样，这火就可以彻底地灭掉了，你怎么看？'我答非所问地说道：'你还记得那些耗子吗？'

"我们继续跟火作着斗争，小心地驾着船，好像一切就会这么风平浪静地过去。管事做饭，照料我们，其余十二个人包括船长，都要轮班作业，休息。我们总是安排八个人工作，四个人休息。这样下来，一律平等。虽然大家算不上亲兄弟，但都相处融洽。有时候，船上的谁一边把整桶水灌进舱口，一边大呼'曼谷万岁'，惹得其余的人一片哄笑。不过大部分时候，我们都是沉默、严肃的，并且口干舌燥。真是太渴了！我们的船一再出事，船上的淡水已经不足，所以要严格限制，不能随便使用淡水。船在冒烟，太阳在燃烧……把酒递过来。

"我们用尽了一切办法，甚至想过要掘开起火的煤堆，不过这一切都不奏效。没有一个人能在底下待上一分钟。马洪第一个下去,很快便晕倒在那里,去救他的人也晕在了里面。我们把他俩拖出来,放在甲板上。接着,我跳了下去,就是要让大家看看,这是很容易就解决的事情。这次,他们变聪明了,直接用链钩绑在扫帚把上把我钩起来。我也没来得及下去捡起我那把掉在地上的铲子。

"情况有些糟糕了。我们把备用的小艇放进了水里,第二条艇也正准备扔出去。此外,我们还有一条十四英尺长的小艇,就挂在船尾的吊艇架上。要说,那里倒是挺安全的。

"哇,你们看,那烟雾突然减少了!于是,我们更起劲地往舱底灌水。两天后,再也不见一缕烟。船上的人个个笑得合不拢嘴。这一天是星期五。接下来的星期六,什么事也没有,船还是照旧向前航行。两星期以来,大家终于可以好好洗洗衣服,洗把脸了。此外,我们还享用了一顿特别丰盛的大餐。说起煤堆的自燃,大家都带着一副蔑视的神情,俨然个个都成了灭火的英雄好汉。我们就像刚刚继承了一大笔财产那样,欢呼雀跃。可船上仍然萦绕着一股难闻的焦臭味。比尔德老船长,双目深陷,两颊消瘦。我以前从来没注意到他竟是弓腰曲背。他和马洪在舱口和通风管处仔细认真地巡察着,这里闻闻,那里嗅嗅。猛然间,我才意识到可怜的马洪已经是非常非常苍老了。至于我自己,我是又自豪又快乐,就像一个刚打胜了海仗,凯旋回来的家伙。啊!青春!

"夜是美好的。清晨,有一条回国的船只远远地从我们视线内经过,只隐约看得见船桅,看不见船身,这是这几个月来,我们第一次遇见船只。终于,我们要靠近陆地了!爪哇岬就在我们的正背面,离我们只有一百九十海里的距离!

"第二天,我在甲板上值班,时间从早上八点到中午十二点。早餐的时候,船长说:'舱房里总是发出怪味儿,真搞不明白。'十点钟左右,我看见大副正待在船头的甲板上,便朝他走过去。木匠在主桅边上放了一根长凳,我靠着主桅,抽起烟斗来。木匠,一个年轻小伙,靠了过来,跟我聊起天来。他说:'我们干得还不错,是不是?'

看着这家伙快要把长凳弄倒了,我不耐烦地冲他嚷了一句'待会儿,别动'。突然,我有种奇怪的感觉,简直不可思议:我好像被悬挂在半空中!只听见'砰'的一声,四周一股强大的气浪迸发出来,好像一千个巨人同时发声!我只觉得自己被重重地撞击了一下,肋骨便剧烈地疼痛起来。不用怀疑,我真的在半空中!我正在做抛物线运动!就在被甩出去的一刹那,我脑袋中闪出几个念头,断断续续:'天哪,木匠搞什么鬼?……不是吧?……出什么事了?……火山喷发吗?……煤,煤气!……老天,我们的船炸了……大家都死了……我掉进后舱舱口了……我看见里面有火。'

"爆炸的一瞬间,船舱上空飘浮的煤屑变成了暗红色。一眨眼,我已经躺倒在货物上面了。我直起身来,往外就跑,快得好像被弹回去似的。船面上全是碎屑、木片,七零八落,就像飓风袭击后的森林,一块巨大的幕布似的布片在面前飞舞,那是已被撕碎的帆布。我想船桅可能会马上倒下来,便赶紧手忙脚乱地朝船尾甲板的梯子那儿跑去。我第一眼看见的人是马洪,他的眼睛瞪得像铜铃,张大着嘴巴,头顶那长长的白发一根根竖立起来,像一圈银色的光晕。他刚要走下来,忽然看见甲板在晃动,瞬间在他眼前掀了起来,变成了碎片。他被吓傻了,呆呆地站在梯子的顶端。我疑惑地盯着他,他也带着古怪的、吃惊的神情瞪着我。我不知道自己没有了头发,没有了眉毛,没有了眼睫毛,我年轻的胡子也给烧掉了,脸上黑乎乎的,一边脸颊的皮肉撕开了,鼻子破了,下巴在滴血。我的帽子飞了,拖鞋、衬衫都变成了碎片儿,而我却全然没有察觉。我惊讶地看到船还在,船尾的甲板依然完好,尤其是看到人都还活着。此刻,天空分外祥和,大海也出奇的宁静,大家并没有我所想的那样被吓得瑟瑟发抖……把酒瓶递过来。

"恍惚中,一个声音不知从空中还是从天上——说不出是哪里——呼喊着我们的船名。接着我看见了船长,他已经疯了。他焦急地问我,'舱房里的桌子去哪了?'听他这么一问,我吓了一大跳。我刚刚被抛到空中,现在还是惊魂未定,甚至连自己是死了还是活着都

• 125

弄不清。马洪着急地跺着脚,冲船长喊道:'老天爷!你没看到我们的甲板被炸飞了吗?'我缓过神来,好像意识到自己严重失职,有点语无伦次地说,'我不知道舱房里的桌子到哪儿去了。'这一切就像一场荒诞不经的梦。

"你们知道他接下来要干什么吗?他想要调整帆桁!他看起来很平静,若有所思的样子。随后他坚持要求我们把帆桁调整成直角。'不知道船上人是否还活着,'马洪几乎要哭了。'当然,'他轻轻地回答道,'剩下的人肯定能够调整这帆桁的'。

"看起来,这老家伙当时正在床上给航海时计上发条,忽然'轰'的一响把他震得一阵眩晕。他突然意识到船撞到了什么东西,于是便飞奔到外面舱房里去。到那儿时,他发现舱房里的桌子不见了。如果甲板炸掉了,那桌子应该甩到船尾去了。那天,他在吃早餐的地板上,发现了一个巨大的窟窿。他觉得这件事异常奇怪令人难忘,以至于甲板上以后发生的事都不值一提。很快,他注意到没人掌握舵盘,他的船偏离航线了。他现在唯一念头就是把这个散了架的、没有甲板的、正冒着烟的船架航行到目的地——曼谷,这便是他的目标。可不要小看这个小老头儿,尽管他话不多,又长着罗圈腿,还驼背,可他是这样的执着与专注,全然不理会我们已经心慌意乱。他命令我们继续往前航行,自己就去掌管舵轮。

"接下来,我们干的第一件事就是调整那条破船的帆桁。船上的人虽说一个都没有死,也没什么重伤或是残疾,但多多少少还是都受了点伤,并且又受了些惊吓。试想一下当时船上的情景:船员们穿着千疮百孔的衣服,脸上黑乎乎的,就像挖煤工或者扫烟囱的一样;一个个脑袋光溜溜、圆滚滚的——其实是被烟火给烧没了;有些正在下面睡觉的船员,被爆炸气浪给甩了出来,惊魂未定,不断哆嗦,甚至我们动手干起来时,他们还在那呻吟。不一会,大家都全力干起来,这帮利物浦的硬汉可真有气概!我想他们的气概是与生俱来的,是这一片包围着他们的广阔而寂静的海洋赋予了他们这种气质。

"航行中,我们蹒跚而行,绊倒摔跤,摔到了腿,擦破了皮。船桅仍然立在那里，可船桅下面是否已经烧焦得不成样子，我们不知道。天气是平静的，可西边打来的一阵浪花却足以使我们的船左右摇晃。我们知道，船桅随时有可能倒下来，可究竟会倒在哪一边，我们不知道，只能时时刻刻提心吊胆地望着它们。

"我们退到了船尾。四处望去，只见船上到处是破烂不堪、杂乱无章的碎木板、木片。耸立在这一堆破烂玩意中间的船桅，就像一棵长在矮木丛中的大树。船上的空气中弥散着一种缓缓蠕动的、白蒙蒙的、迷雾般的东西，带着油脂的味道。那看不见的火又开始冒烟了，低绕的烟雾就像弥漫在朽木阴森的山谷里的瘴气。一点一点的火星开始从这碎木堆中冒出来，在空中回旋飘荡。船上还有三三两两的木头墩子竖起来，像一根根柱子。帆索拴座的一半穿过了桅帆，从那穿过的洞眼里，露出了一块碧蓝的天空，这天空正与那肮脏不堪的破帆布形成鲜明的对比。船上有几块木板搭在一起，有一截刚好横到了船栏杆外面。这突出来的一截，就像船上安放的一个跳板，这是一个特殊的跳板，一个将人引上死路的跳板，从这个跳板上纵身一跃，便可到达海洋的深处，从此了结生命中无谓的忧愁与烦恼。在空中，有个看不见的东西，如幽灵般在呼喊着我们的船名。

"有人朝船外望了望，竟然发现我们的舵手在海里。原来他当时还没来得及想，就跳进了海里，现在正拼命地想游回船上。他呼喊着，像一条人鱼似的紧跟在船边。于是，我们抛了一条绳子给他。不一会儿，浑身淌着水、垂头丧气的舵手站在我们面前。船长让出了舵轮，独自退到一旁，肘靠着栏杆，手支着下巴，默默地凝视着前方的海洋。我们在心里默问自己，'老天爷！这接二连三的事还不够吗？接下来又要发生什么？'是的，这就是青春！勇往直前，这才无愧于伟大的青春！啊，青春！

"忽然，马洪望见有一条汽轮在我们的船尾后面，远远地。比尔德船长说：'我们可以向他们寻求帮助。'于是，我们升起了两面旗，这是通用的国际海洋术语：'着火，呼救！'

"汽轮越来越近了，在我们眼前越来越大，一会儿船的前桅上挂

起两面旗子,意思是'我来救你们了!'

"不到半个钟头,汽轮便赶上了我们,在两条船彼此听得到呼喊的上风向处,停了下来。我们掩饰不住地兴奋,开始向他们高声呼喊道:'我们的船炸了!'一个戴着白色遮阳帽的人站在船上回应道:'知道了,放心,不要急!'他微笑着向我们点头,还做了个抚慰的手势。在他面前,我们就像一群被吓坏的孩子。有一条小艇下水了,艇上的人划着长桨向我们驶来,四个加拿士人轻快地划着。我还是第一次看到马来水手。从此以后,我便与他们熟识了。还记得当时,他们给我最深的印象便是他们的淡然,甚而有些漠不关心。他们来到我们的船边,将艇钩搭在我们船上的大铁链上时,也不曾抬起脸来看上我们一眼。我以为我们这些遭遇了爆炸的人应该得到他们更多的关注。

"一个小个子,骨瘦如柴,却灵活得像只猴子,他很快爬了上来。这位汽轮的大副,看了一眼我们的船,便说道:'伙计们,我看你们最好还是离开这条船吧。'

"我们都不说话。于是他走了过去,跟船长谈了起来。他们看起来像在争辩什么。过了一会,船长跟着大副一起上了汽轮船。

"直到船长回来,我们才知道这条汽轮的名字叫做'索麦维尔',船长叫纳西,从西澳大利亚经过巴达维亚①到新加坡去。船长与他们达成协议,他们的船将我们拖到安吉或者巴达维亚。到了那儿,我们就可以想办法把火彻底扑灭,然后继续我们的航行,去曼谷!老头儿看起来很兴奋,他向老天爷挥了挥拳头,用激动而强烈的语气对马洪说:'我们就要实现了!'而此时,我们其他人都一言不发。

"中午,汽轮开始拖着我们往前行进。前面的汽轮又高又苗条,而尾随其后的'犹太号',低矮破旧,看起来就像汽轮排出来的一团黑烟,整个船只看得见一截露出来的桅杆。由于会有好一阵子用不上船帆,我们便爬到高处准备把帆布收下来。爬到船桁处,我们竟忍不住地咳起来。这地方确实要分外小心。你们能想象得到,我们正在收

---

① 巴达维亚,印尼首都和最大商港雅加达的旧名。

船帆的这班人是什么光景吗?这条船似乎注定不会到达任何目的地了,我们收起了它的帆布。爬在这摇摇欲坠的桅杆上,只能看到船上弥漫的烟,却看不见底下的船。下面的人小心翼翼地工作着,不紧不慢地递着帆索。'进港收帆①——你们上面的人!'马洪在底下喊道。

"你们知道吗?我们这帮人就没想着能跟平常一样下来。等我们安全下来后,只听到大家彼此说道:'我真担心我们要跌落下来,连人带杆,一起掉进大海。''我那时心里也是这么想的。'一个受了伤、缠着绷带、憔悴不堪的人回答道。要知道,这是一帮并未受过任何纪律培训的人。在旁观者眼里,他们或许只是一拨懦弱无能的人,可是,我却要考虑怎样才能让他们服从我。我意识到,让他们把帆布收起来,试着把工作做得更好些,这或许是个不错的办法。他们没有职业上的荣誉感,没有榜样,也没有表扬,责任感也和他们无关。对于如何巧妙地偷懒,耽误工夫,他们却很有一套。只要他们想这么做,便能做到。是什么把他们留下来的呢?是不是这两镑十先令的月薪?显然,这不是他们留下来的原因,因为他们还抱怨薪水太少,恨不能再多加上一倍呢。他们身上流露出一种气质,这是一种与生俱来的、微妙的、不可磨灭的气质。当然,我无法绝对客观地判断一条法国商船或德国商船上的水手就不会干这些事,但我的确怀疑他们是否会这样干。我想,是存在着这样一种完整的精神气质的:如原则一般坚实可靠,如本能一样与生俱来。这种气质透露出民族差异、国家命运和天赋的善恶之感的秘密。

"就在那个晚上,大概十点钟左右的样子,我们看见了火。这是我们跟它作斗争以来第一次看到它蹿出来。我想这火是由于快速的拖拉引燃的。只见火光在破败的甲板底下闪烁,慢慢地,摇摇晃晃地升了起来,就像蠕动飞舞的萤火虫的光。我第一个看见火苗,赶紧把这个情况告诉给了马洪。'这下完蛋了,'他说,'我们还是尽快停下吧,

---

① 进港收帆,这是航海的术语,意思是把船帆收起,用绳索捆扎好,准备进港。

不用他们拖了,以防我们的船突然爆炸,谁都脱不了身。'于是,我们朝着前面的船呐喊,向他们摇铃,想引起他们的注意。可是,他们还是继续往前拖,显然没观察到我们的举动。最后,我和马洪没有办法,只能爬到船头,用斧子把拖拽我们的绳子砍断了。要知道,这个时候,我们已经没有时间来得及解开绳索了。当我们回到船尾时,火势变大了,火舌正在吞噬我们脚下的一大堆碎木片。

"当然,他们很快就发觉拖拽我们的绳索断了。接着,汽笛长鸣了一声,汽船上的灯光向四周扫了一大圈,船朝着我们驶了过来,在靠近我们的地方停了下来。我们站在船尾,紧紧地围成一团,每个人手里都拿着一个小包或袋子。忽然,一团圆锥形的火焰冲上了天空,在一片漆黑的海洋上投下一个光圈,两头船正并排停在光圈的中心。比尔德船长呆坐在铁格子门栏上已经好几个小时了,现在他却慢慢地站起来,经过我们前面,一直走到后桅索处。纳西船长喊道:'过来,赶快!我船上还有邮包呢。不过你放心,我们会把你们和你们的船带到新加坡去的!'

"'谢谢你,不用了!'我们的船长说,'我们要给这条船送终!'

"'我们不能一直陪着你们啦!'对方喊道,'你们知道,那些邮包……'

"'哦!嗯,我们没事的!'

"'那好吧,我们到了新加坡就替你们报告……再见!'

"他挥挥手,向我们告别,我们的人悄悄地放下手里的包裹。汽轮继续向前航行,驶离了光圈,随后渐渐消失在我们的视线里。我们的眼睛早已被船上炽烈的火焰灼痛。直到这个时候,我才明白过来,我们第一次驶入东方世界时,我将是一支小艇的指挥员。我想,能够如此忠于和守护我们的老船,这是个不错的选择。我们应该给这条'死而后已'的老船送终。啊,青春的魔力!啊,青春的火焰!它比燃烧的火焰更炫目,它将魔力与光辉洒向这广阔的世界,抛向这无边际的天空;它比海洋更残暴无情,就像被吞没在黑夜里的船上燃烧的火焰,终将被时间熄灭。

"老头儿用他那温和而坚定的语气告诫我们,尽力为保险商抢救船上的物资是我们职责的一部分。于是,我们都跑到船尾去干活了。船头燃起的火焰把整条船照得通明。我们拖出了一大堆破烂货。天哪,看看我们都抢救了些什么东西!一只陈旧的气压计,上面莫名其妙地钉了很多螺丝钉,差点赔上了我的小命!忽然,一阵浓烟向我扑来,幸好我及时躲开。看看这各式各样的物品:扎成捆的帆布,堆了好几圈的绳子。船尾看起来有点像航海用品市场,几条小艇堆放在船舷边。这老头儿真是要竭力从他带领的这第一条船上掳走东西呢。他看起来非常的镇静,可分明已经糊涂了。你能相信吗?他竟然要把那段破旧的锚链和小锚带到长艇里去!我们恭顺地应道:'好,好,船长,'暗地里却将这些东西滑进了海里。一只沉重的药箱滑下去了,还有两袋生咖啡,几桶油漆——看看吧,还有油漆!还有更多其他东西。接着,我接到了船长的命令,带着两个水手到小艇里去装货。一切就绪,我们就可以离开这条大船了。

"我们把所有东西都装好,把长艇的桅杆也竖了起来,这条艇由船长负责。终于能坐下来休息一会儿,倒也不错。我感觉脸上疼痛难忍,四肢就像要散了架一样难受,我感觉到我的肋骨、整个脊椎都扭曲了。我们的三条小艇紧靠着船尾,看上去是一片浓重的阴影。船上的火把四周的一大圈海面都点亮了,一团巨大的明晃晃的火焰从船头笔直冲向天空,火苗呼呼地往上蹿,火势很猛,发出虫子鼓动羽翼般的噗噗声,夹杂着雷鸣般的隆隆声,还有那噼噼啪啪的爆炸声。冲向天空的火焰迸发出火花,并四散开来,这一切仿佛暗示了人生来便要承受各种苦难,正如我们,刚遭遇了漏水,现在又要忍受火灾。

"现在让我烦恼的是我们大船的船舷正对着滚滚而来的浪花,海上吹着微风,而我们的小艇已经没法待在船尾这一最安全的地方,开始悠悠地朝着火的那一头靠去,并不断地摇晃起来。眼看着,这些小艇就要靠近火焰了。火焰在大船上面滚转,大船的船桅每时每刻都有倒下来的危险。我和两个护船的人拼命用船桨和船钩阻止这些小艇靠近大船。可是我们马上又变得恼火起来,我们为什么要坚守着这条船呢，我想我们已经找不出不马上离开的理由。看不到船上的人，也想不出为什么要继续这样耽搁下去。和我一起护船的两个人在低声咒骂，他们大概想干脆躺下来，任由小艇漂走。我要负责分内的事，还要注意这两个不安的人。

"最后，我喊道：'船上的人！这儿！'有一个人探出脑袋往底下瞧。'我们这里准备好啦，'我喊。那个头不见了，不过很快又伸了出来。'二副，船长说好，不要让小艇靠近大船。'

"半个小时过去了。忽然，只听到一阵可怕的喧闹，碰撞声，铁链的哐当声，水的咝咝声，只见火星四溅，迸溅到了上空那一团柱状的烟雾里。船头的吊锚架烧掉了，两个烧得通红的锚也落到海底去了，把近两百英寸的火红的铁链也一起拖了下去。整个船在摇晃，那一团火焰颤巍巍的似乎马上就要掉落下来。就在离小艇一桨之遥的地方，桅杆如火箭般直挺挺地倒了下来，插进海里，又立刻冲了上来，之后安静地浮在水面上。在这火光照天的海面上，这根倒下的桅杆看上去黑乎乎的。

"我又向船上喊去。过了一会儿，一个人用低沉的嗓子回应道：'马上就来，二副'。他吐词不清晰，好像闭着嘴巴说话似的，可从他的语调听起来，却分明带着让人难以琢磨的兴奋劲。很快，这个人又消失了。接下来很长一段时间，我只听到火焰在四周呼呼地燃烧，咆哮，夹杂着一声声嘘声。几只小艇用艇索系着，却仍然你来我往地相互碰撞着。不管我们怎么摆弄，这些小艇总会一窝蜂似的涌到大船旁边。我再也忍不住了，就沿着一根绳子，从船尾爬上了船。

"我爬上船，眼前火光冲天，可怕极了。船面照得如同白昼，大火燃烧的那股热气简直让人受不了。船长比尔德枕着一条胳膊，双腿蜷缩着躺在他那条从舱房里拖出来的长靠椅垫子上，火光在他身上飞舞。再看看其他人都在忙什么！他们正坐在船尾甲板上，围着一只打开的箱子，吃着面包、干酪，喝着瓶装的黑啤酒。

"火焰在他们头顶上吐着凶猛的火舌，而他们却跟坐在火炉旁一样轻松自在，看他们的神情，活像一帮亡命天涯的海盗。火焰映在他们的眼睛里，映在他们破衬衫底下那一块块白皮肤上。他们个个都像在战场上挂了彩，脑袋上缠着绷带，手臂上扎着布条，还有膝盖上裹着脏兮兮的破布的，个个双腿夹着一瓶啤酒，手里拿着一大块干酪。马洪站了起来。看他那英俊而放荡的头，他那鹰钩鼻，他那长长的白胡子，手里拿着的开了盖的酒瓶，真像从前那帮天不怕、地不怕的海盗，在烧杀劫掠中寻欢作乐。'这是船上的最后一餐，'他一本正经地说道，'我们一整天都没吃过东西了，留下这些东西有什么用？'他挥舞着手里的瓶子，指着躺着的船长。'他说他什么也咽不下去，所以我让他躺下来休息一会儿。'他接着说。见我瞪着眼，他解释道：'小子，你知不知道这老头儿有多少天没合过眼了？小艇里也别想有什么好觉睡。''你们再这样耗下去，到时连小艇也坐不到了。'我愤愤地说。我走到船长那儿，推了推他的肩膀，最后他总算睁开眼睛，可是身子仍然一动不动。'是离开船的时候了，船长。'我温和地说。

"他痛苦地撑了起来，看着眼前的火焰，又望望帆船四周闪闪发光的海面，远处的海洋却是墨水一般的黑暗和沉寂，他望望天空的星星，那星星透过薄薄的一层烟雾，在漆黑的天幕上发出昏暗的光。

"'最年轻的先走。'他说。

"一个普通海员，用手背擦了擦嘴，站起来，爬过船尾栏杆，消失了。其他人陆陆续续地跟着下去了。有一个正要跨过去，却又站住了，只见他把瓶里的酒喝了个干净，接着挥舞着手臂晃动着酒瓶，在空中划了个圈，把瓶子扔进了火里。'都拿去吧！'他喊道。

"船长还是一脸的悲伤，拖延着不肯下船。我们让他独自为他第一次带的这条船默哀一会儿，后来我又爬了上去，这才算把他带下来。我们离开的正是时候，船上的铁器都已经发烫了。

"随后，我们割断了长艇与大船连接的艇索，将三条小艇系在一起，远远地漂离了大船。爆炸后十六个小时，我们终究还是放弃了它。马洪负责第二条小艇，我负责最小的那条，一条仅有十四英尺长的小艇。本来一条长艇就可以搭载我们大部分人了，可船长说，我们必须尽量替保险商抢救更多的财物，这样，我就获得第一次独立带船的好机会。我手里管着两个人,一袋干粮,几听肉,还有一桶水。船长命令我们要紧靠着长艇,万一遇上大风浪,我们还可以到长艇里去避一避。

"你们知道我当时怎么想的吗?我巴不得可以跟他们分开一会,我要好好利用这次独自带船的机会!有机会独自航行,我才不愿意整队前进呢。我要自己带领我们的船上岸,我要赶超其他的船!青春!全都是青春!这可笑的、迷人的、美丽的青春!

"但我们不能马上出发,我们还要给大船送终。那天晚上,我们划着小艇,在大船的周围漂荡,随着波浪起伏。小艇上的人打盹、醒来、叹气、呻吟。而我只能瞪着双眼,默默地望着熊熊燃烧的大船。

"在这漆黑的天地之间,这红红的、摇曳着的烈火映在四周的海面,围成了一圈紫色的光环。这海面看起来亮晃晃的,却又带着一丝阴森森的气息。这是海上升起的明亮的火焰,一团巨大、孤独的火焰。火焰的顶端是一团浓浓的黑烟,不断摇曳着冲向天空。船还在猛烈地燃烧着,烧得我们心里充满了悲伤。船就这样葬身火海,在这样的夜晚,大海围绕着,星星守望着。这条历经艰辛奔波的老船,终结得如此悲壮,这好像是老天爷对它的一种恩赐和奖赏。它把自己早已疲惫不堪的灵魂托付给了星星和海洋,有如凯旋般让人激动不已。船桅在破晓时倒下。一时间,万千火星纷飞四溅,流火充满了那彻夜守望着的广阔的黑夜。黎明时分,大船已经烧得只剩下焦黑的躯壳,却仍旧载着那一船燃烧着的煤块,漂浮在云烟底下。

"这个时候,我们把小艇列成一排,由船长的长艇带队,就像送葬的队伍,绕着大船的遗骸游行。我们划过船尾时,一根火苗如火箭般的,呼地冲向我们。突然,大船沉了,船头先沉,发出一阵阵水蒸气咝咝的声响。还未完全烧光的船尾最后沉了下去,船上的油漆龟裂了,剥落了,船面上那镌刻的字母,那执着的、深入灵魂的铭文,也早已不存在,我们的船再也不能伴着太阳的升起,在朝阳中闪耀着它的信念与名字了。

"我们往北划去,海面上吹来了阵阵微风,到中午时分,我们的几条小艇最后一次集合。我的艇里没有桅杆，也没有帆布。于是，我把一条多余的桨改造成了桅杆，在上面挂一个船篷就是船帆了，加上一个钩头篙做的帆桁，小艇便可以乘着风航行了。虽然这支船桅对小艇来说太重了，可想到我们的船能借着风把另两条小艇甩开，我还是感到很得意。我得等着它们。然后，我们一起看了一下船长的航海地图，还十分友好地一起吃了顿干面包和水。接着，便是船长的最后指示：一路向北，尽量结伴而行。'当心你那张临时改造的船帆，马洛。'船长嘱咐我。

"当我得意扬扬地驾着小艇超过马洪时，只见他皱了皱他那弯鼻子，不屑地冲我喊道：'小子，当心别把你那小艇开到水底去了！'他是个狡猾的老头儿，真想让这大海轻轻地、温柔地摇荡他，直摇到时间的尽头。

"日落前，一阵暴风雨掠过远远落在我们后面的那两条小艇。在过后的一段时间里，我一直没再看见它们。第二天，我驶着这一叶轻舟——我第一次带的船——航行在这一望无际的碧海蓝天之中。这天下午，我远远地望见一条大船的帆顶，可我没有吭声，我知道两个船员并没有看到这条船。你们可能猜到了，我正是担心这条船是返航回国的。如果让我在抵达'东方之门'的前站就此调头，我是绝不愿意的。要知道，我的目的地是爪哇，跟曼谷一样，它可是天赐的福地。就这样，我连续航行了好些日子。

"在一条没有甲板的小艇上颠簸航行数日，我想你们应该清楚这是什么样的滋味。我还记得一连几天几夜都没有一点儿风，我们不断地划着桨，可小艇就像着了魔似的，在原地打转，我们被困在那个地方了。那时天气很热，暴雨却倾盆而至。为了活下来，我们一刻不停地把艇里的水往外泼，顺便把我们自己的水桶也装满了。这样干了十六个小时后，我们的嘴已经干裂如焦炭。船尾只剩下一支舵桨，正是这支桨让我带领着我们的小艇战胜那汹涌的大海。直到那一刻，我才感到自己是一个多么优秀的青年。到现在，我还能记得我手下那两个船员愁眉不展、灰心丧气的样子，还记得我的青春和那一去不复返的感觉,我感觉自己会永远走下去,比海洋、大地和全人类更永久。这就是引导我们走向欢乐、冒险、爱情和徒劳,甚至死亡的幻觉。而如今,我们对自身力量的坚定信心,一撮尘土中饱含的对生命的热度,一颗赤诚热烈的心,早已随着年岁的增长,一年年暗淡下去,冷却了,萎缩了,甚而消逝了,消逝得那么早,甚至在生命还没有完结之前便消逝。

"我就这样来到了东方。我踏访东方的那些神秘所在,洞悉它的灵魂。直到现在,东方在我心目中的印象一如从前。从小艇望去,一列高山在清晨显得苍翠而遥远,正午时分,像一层薄雾;夕阳时分,又像一道锯齿般的紫色城墙。眼前,出现了一片海湾,一片如此广阔的海湾,平滑如镜,光洁如冰,在黑暗中闪闪发光。遥远的岸边闪现出一点微弱的红光,在黑夜中是那么柔和温暖。我们抬起疼痛的臂膀,划动着船桨。在这寂静的夜晚,一阵微风吹来,带着轻柔的、温暖的气息,夹杂着奇异的花香,就像美妙的东方在我面前吹了一口气,这是一种让人难以捉摸却又迷恋万分的魔力,带给人神秘的欢乐,让我此生难忘。

"接下来,我们一口气划了十一个小时。两人划船,另一个人就轮换着在舵边休息。依稀看到海湾里的那点红光,应该是某个泊船的小海港的标志,于是我们奋力朝这个红点划去。途中,我们经过两条式样很新奇的船,船尾翘起,看起来是抛了锚搁在那儿了。当我们驶近那个已经很暗淡的红光时,我们的艇'哗'的一声撞上了往外突出的码头。我们早已累得眼前发黑。终于靠港了!只见两个水手甩开手里的桨,从划桨的坐板处倒下来,如死了一般。我把小艇系在一根木桩上,倾听着潺潺的流水声。这一片原本朦胧,散发着异香的陆地,此时看起来就是一丛一丛密密层层的树影——大概是这里生长着的巨大的丛生植物,哑寂而又奇趣。在它们脚下,弧状的海滩在微微闪着光,幻梦一般。这会儿,没有一线光亮,没有一点动静,没有一息声响。这便是神秘的东方,花一般的芬芳,死一般的沉寂,还有那坟墓一般的黑暗。

"我坐了下来,精疲力竭,内心却无比兴奋与躁动,像一个征服者,面对一个深奥的、性命攸关的谜题而兴奋无眠。

"这岸上的寂静无声,使划桨的声音和溅起的水花声在海面上回响,节奏清晰而响亮。我跳了起来:一条小艇,一条欧洲的小艇出现了!我用那条死去的老船名字开始呼喊:'犹太号,喂!'一个微弱的声音在回答。

"这是船长。我比'旗舰'早到了三个小时。再次听到这老头儿的声音,我感到很高兴,尽管他的声音是那么疲惫和颤抖。'是你吗,马洛?''当心码头的端头,船长!'我喊道。

"他小心地靠近,用测量深海的锤条抛了锚。这个锤条也是我们抢救出来的,为了保险商而抢救出来的。我解开我的艇索,让两条小艇并排靠拢。他满脸沧桑地坐在船尾,双手扣在自己的膝上,全身都让露水浸湿了。他的两个水手已经睡着了。'这一路来,我可吃了不少苦头,'他嘟哝着说,'马洪在后面……不远。'我们低声耳语,唯恐惊扰了这片宁静的大陆。再看看那几个水手,这会儿只怕炮轰、雷鸣、地震,也无法把他们唤醒了。

"谈话时,我四处张望,看见海上有一处明亮的灯火在航行。'那边有条汽轮正驶过海湾呢。'我说。原来这条船不是经过,而是正要进入港口。船越来越近,抛下了锚。老头儿说:'你去看看这是不是一条英国船,或许他们能带我们一程。'他看起来有点焦躁不安。于是我拳打脚踢地把我的一个水手弄成梦游状态,硬塞给他一支桨,自己拿起另一支,朝着汽轮的灯光方向划去。

"船上,有模糊的说话声,有机器间发出的金属的哐当声,还有甲板上的脚步声。船上圆圆的窗户里透出光来,就像睁得大大的眼睛。船上人影浮动,隐约中可以看到一个人高高地站在船桥上。他听到了我划船的声音。

"在我开口之前,'东方'已经先对我说话了,但分明是西方的语音。炮珠般的话语穿过了那谜一样的似乎不祥的肃静。这野蛮愤怒的谩骂中夹杂着英文字眼,甚至出现了整句整句的英语。这听起来不算

·137·

陌生，可足以让人感到吃惊。那人放声咒骂，一连串的怒骂打破了海湾的肃穆和平静。他先冲着骂我'猪'，接着一句比一句刻薄，到后来什么难以启齿的谩骂都出来了，还是用英语骂的。站在高处的这个人用两种语言交替地高声怒骂，看起来暴跳如雷，丝毫没有装腔作势的样子。这让我忍不住相信，是我破坏了宇宙的和谐。我几乎看不清他，可我猜测他是不是要把自己气得晕倒才好。

"忽然，他停止了谩骂。我能听到他喷着鼻息，喘着粗气，像一条海豚。我说：

"'请问，你们这条汽轮叫什么名字？'

"'呃，什么？你又是谁？'

"'一个遭难的水手，我们的船在海里烧掉了。今晚才到的这里。我是二副，船长在那边的长艇里。他想了解一下，你们是否可以搭载我们一程。'

"'噢，我的天！我说……这是天国号，从新加坡返航回去。早上我会跟你们的船长碰一下头……对了，你刚刚听到我说的话了？'

"'我想整个海湾都听到了。'

"'我以为你是一条本地的船呢。喏，你看看，那个该死的懒汉看守又跑去睡觉了，我诅咒那混蛋！灯也熄了，我差点跟这该死的码头撞上了。这已经是那混账东西第三次玩这种把戏了。换了是你，你能受得了？真让我气疯了。我要把他报告上去……我要让副领事把他开除，他妈的……！看，那边没有亮，已经灭了，是不是？我要你作个证，那个灯已经灭了。你知道，那边应该有一盏灯的，一盏红灯应该在……'

"'那边之前是有盏灯的，'我温和地说。

"'但现在已经灭了，老兄！这样说还有什么用呢？你可以亲眼看看，现在灯的确灭了，不是吗？如果是你，带着这样一条贵重的汽轮经过这么一片荒凉的海岸，你肯定也需要一盏灯的。我要把他从这个码头的这边踢到那边去。你等着看，我不会饶过他的。我一定要……'

"'那我可以告诉船长,你同意带我们走了吧?'我打断他的话问道。

"'是的,我可以带你们走。晚安。'他粗鲁地说道。

"我划回去,又把小艇系在码头边。我终于可以睡上一觉了。我见识过东方的寂静,也听到过它的语言,可是,当我重又睁开眼睛的时候,这寂静好像从来没被打乱过。我徜徉在一片光芒之中,天空从来没有这样高、这样远。我睁开眼睛,静静地躺着。

"接着,我见到了东方人,他们正望着我。整个码头全是人。我看到了一张张褐色的、古铜色的、黄色的脸,一双双黑色的眼睛,这是东方民族的色彩。这些人全都盯着我看,不出一声,不透一口气,一动不动。他们盯着码头下面的小艇,盯着那几个来自海外、酣然入睡的水手们,仿佛一切都静止了。棕榈树静静地将叶子伸向天空,沿岸的树林见不到摇动的枝桠,绿荫中,挂在枝头的树叶就像用重金属打造成的那样,寂静无声却又闪闪发亮,阔大的树叶缝隙中隐约露出一些棕色屋顶。这就是古代航海家所说的东方:古老而神秘,灿烂而又肃穆,生机盎然却又亘古不变,充满了危险与希望。这就是当地的人们。

"我顿时坐了起来。突然间人潮涌动,波浪从一个个头上传播开来,一个个身体摇摆起来,沿着码头荡漾,就像水面荡起的波纹,田野中吹来的一阵风,随后一切又复归于平静。我眼前是一大片海湾,闪烁的沙滩,庞杂无垠的绿色,梦幻中的蔚蓝色大海,一群张望着的脸,像火焰般鲜艳的色彩,这一切都倒映在水面上。曲折的海岸,码头,还有那静静地漂浮在水面上,翘着船尾的来自异乡的船只,三条小艇里酣睡的西方来客,他们对于这片土地,这儿的人们,还有这儿灿烂的阳光,似乎毫无感觉。这些熟睡的人,有的横躺在坐板上;有的蜷伏在小艇的底板上,如死去一般;老船长靠在长艇的船尾,头垂在胸前,似乎永远也不会醒过来一样;再看过去一点,马洪仰着头,脸朝着天空,长长的白胡须散开在胸前,就像被人打了一枪;还有一个人,蜷缩成一团,睡在小艇的前端,他双手抱着艇头,脸颊紧贴着舷边。'东方'就这样静静地望着这些人。

"从此以后，我领略到了东方的魅力，看到了神秘的海岸，平静的水域，棕色民族的国土。在这片东方的土地上，复仇的女神在等候，驱逐和击退了那些自以为有智慧、知识和力量的民族征服者。于我而言，东方就在我的青春的幻象中。当我睁开年轻的双眼膜拜东方时，东方便也融于这一刹那了。我与海洋搏斗，才看到了东方——我那时正年轻——东方也因此看到了我。这便是我留下来的唯一印象。就是那一刹那，带来无尽的力量、浪漫和魅力，还有我那燃烧的青春！……阳光洒下来，照在异乡的海域上。这是我一生难忘的时刻，永远值得怀念与叹息的时刻，再会吧！黑夜，再会吧……！"

他喝酒。

"唉！美好的旧时光，美好的旧时光。青春和海洋，魅力和海洋！美好而强大的海洋，刺激而又严酷的海洋，它跟你细语，也向你咆哮，压得你气都喘不过来。"

他接着喝酒。

"我相信，世间最美妙的莫过于海洋，又或者是青春？谁又能知道呢？我想在座的各位，生命中都有所得，金钱啊，爱情啊，这种种在陆地上可以获取的东西。不过请告诉我，是不是唯有那段在海上飘荡的时光最为美好？虽然一无所有，但却无比年轻，除了那经常给你苦头吃，什么也给不了的大海，有时候会给你一个机会认识自己，认识自己的力量，就只有这个，最让你们难以忘怀？"

我们一个个都向他点了点头，金融家、会计、律师，端坐在桌子边上的我们，一个个都向他点头。那光滑的桌子就像一片静止的棕色水面，映着我们的脸儿，一张张满是皱纹的脸。劳役、欺诈、成功、爱情，全都在我们脸上留下了深深浅浅的痕迹，我们疲倦的眼睛却还在探寻，始终在探寻，焦渴地在人生中探寻着什么。当我们还在期待的时候，它已经溜走了，无影无踪，在一声叹息、一道流光中消逝了，随之而去的是青春，是力量，是充满着浪漫色彩的幻梦。

珍珠项链

［俄］尼古拉·谢苗诺维奇·列斯科夫

侯昌丽 译

一

　　这是一个有教养的家庭。朋友们坐在一起一边喝茶，一边聊文学——他们谈到了虚构，谈到了情节。遗憾的是，不知为什么我们这个时代的文学创作越来越贫乏，越来越苍白。我想起了已故的皮谢姆斯基[①]曾提出的一个非常独到的见解，便与大家一起分享。他说，文学的衰落与铁路的繁荣密切相关；大兴铁路虽然利于商贸发展，却不利于文学创作。

　　皮谢姆斯基说："现在的人出门倒是挺多的，但旅途总是短暂而又舒适，因此无法获得深刻的印象。他们没有什么可观察的，更没有时间去观察，因为所有事物都是一晃而过。以前，如果你要从莫斯科去科斯特罗马，就得乘坐长途四轮马车或换马拉的四轮马车。你遇到的车夫总是像个无赖，同行的旅客总是惹人讨厌，客店老板总是老奸巨猾，而客店的厨娘则永远是一副脏兮兮的样子——如此丰富多彩的

[①] 阿列克谢·费奥菲特拉克托维奇·皮谢姆斯基（1821—1881），著名俄国作家，其代表作为《一千个农奴》。

画面已经够你瞧的了！如果你从菜汤里捞出了什么脏东西，如果你因为心底的怒火难以抑制而责骂了厨娘，那么你会得到她数十倍的回骂，诸如此类的经历总是令人难忘。他们停留在你的内心深处，就像一锅隔夜发馊的粥一样，微微地翻腾着。自然，这些经历拿到你的小说中也一样臭臭的。而现在，一切都按铁路上的那一套来办：想要一盘菜，只管拿，无需多问；想要用餐，无需细嚼慢咽；叮叮声响起，一切就绪，你又要启程了，留给你的唯一印象是——侍者少找了你零钱，你却没有时间找他去理论。"

听到这儿，一位客人说，皮谢姆斯基的观点虽然新颖，但并不完全正确，接着便举了狄更斯的例子。他说，狄更斯生活在交通颇为发达的国家，但由于他见多识广，创作的故事情节仍然饱满丰富。

"不过，他的圣诞节故事除外。这些故事虽然也很不错，但未免有些单调。当然，这不能归咎于作者，因为这种文学形式本身就非常呆板和局限，这常常会使创作者觉得难以挥洒自如。圣诞节故事必须以圣诞节节期[①]（即圣诞节至主显节之间）夜晚发生的故事为题材；必须带有一点奇幻色彩，而且得有一定的教诲意义，哪怕是某种有害的偏见；最后，圣诞节故事必须得有一个完美的结局。在我们的现实生活中，这样的故事很少发生，因此，作者不得不绞尽脑汁来构思和杜撰类似情节的故事。这样，圣诞节故事难免会有些千篇一律和单调。"

"我完全不同意你的看法。"第三位客人说。这是一位受人尊敬的客人，特别擅长在关键时刻发表一些恰到好处的言论。因而，我们所有人都想听他说下去。

"我认为，"他接着说，"圣诞节故事的创作虽然受到一些限制，但它可以变通，可以变得丰富多彩，因而完全可以反映时代和社会的风貌。"

[①] 圣诞节节期，即圣诞节至主显节期间，俄历十二月二十四日至一月六日。

"那你如何证明自己的观点呢？为了证明你的观点，你必须给我们讲一个发生在俄罗斯社会的真实故事，这样才可以反映我们这个时代以及生活在这个时代的人。而且，这个故事必须符合圣诞节故事的所有形式和要求，也就是说，它必须有一点奇幻，有一些针砭时弊的偏见，还得有一个完满的结局。"

"那好吧。如果你们想听，我就给你们讲一个这样的故事。"

"请讲！但是别忘了，必须是真实发生的故事！"

"嗯，放心吧。我要给你们讲的这个故事，不但是一个真实发生的故事，而且还是一个发生在我的亲朋好友身上的故事。故事的主人公就是我的亲弟弟。相信你们有所听闻，他是一个克己奉公的人，有着非常好的名声。"

大家都认为我说得有理，好几个人还补充说，我弟弟的确是一个受人尊敬的、非常优秀的人。

"好吧，就让我来给你们讲讲这个优秀的人吧！"

二

三年前，我弟弟从他供职的外省来我家过圣诞节。确切地说，他不知是受了什么刺激，来我家央求我和妻子——"为我娶亲吧"。

起初，我们觉得他是在开玩笑。后来，他一脸严肃且坚决地对我们说："拜托你们，帮我娶亲吧！我实在忍受不了独身的寂寞了！我已经厌倦了单身生活，也受够了周围人们的流言蜚语和胡说八道。我想拥有自己的家庭，想在傍晚时分与我的爱妻依偎灯下。真的，帮我娶亲吧！"

"你先别着急，"我们对他说，"娶亲是一件好事，就按你说的办，上帝也会为你祝福的。不过娶亲需要时间，还需要一位与你两情相悦的好姑娘。这可是需要时间的。"

他却对我们说：

"那又怎么样？我的时间很充裕。如果圣诞节节期的两周时间还不够结婚，你们可以先说媒，等到了主显节的晚上，我们就可以举行婚礼，然后一起离开了。"

"哎，"我对他说，"我亲爱的弟弟，你是不是寂寞得太久了，有点精神失常啊！（那时我们不常用'精神病'这个词）。我才不会跟着你发疯呢。我现在要去法院办公，你和嫂子在家呆着，随你怎么幻想都行。"

我觉得，这一切根本就是胡说八道，或者说，它充其量只是某种难以实现的幻想。然而，当我回家吃午饭的时候却发现，他们已经把这事办成了。

"今天，玛申卡·瓦西里耶娃①来我家了，她请我去她那儿给她挑一件裙子。我去换衣服的时候，他们（指我弟弟和这位姑娘）坐在一起喝茶。后来，弟弟对我说：'真是个好姑娘！还有什么好挑的呢？就让我娶她吧！'"

我对妻子说：

"依我看，弟弟根本就是头脑发昏。"

"哪里的话！"妻子说："这怎么能叫'头脑发昏'呢？你为什么要否定自己尊崇的东西呢？"

"你说，我尊崇什么东西啊？"

"难以解释的好感和爱慕。"

"哼，"我继续道，"太太，你别想抓我的话柄。真正的'天作之合'是一切都恰到好处，而这种爱慕必须是在强烈意识下产生的、来自灵魂和内心深处的明确的认可。这又算什么……初次见面就要约定终身。"

"这么说，你反对弟弟娶玛申卡？其实，她正是你说的聪明伶俐、品德高尚、心地善良而又忠实可靠的姑娘。再说，她对他也颇有好感。"

"什么？！"我激动地大声说，"你怎么知道她对他有好感？"

---

① 文中的玛莎和玛申卡分别是玛利亚的小称和爱称。

"有没有好感难道看不出来吗?"妻子回答说,"爱情是我们女人的天性。只要爱情一萌芽,我们就能发现它,看见它。"

"你们女人啊,"我接着说,"你们都是些可恶的媒婆。只管促成一门亲事,却不管这对新人往后的日子怎么过。奉劝你,还是想想自己的轻率造成的后果吧!"

"我一点都不担心,"不料妻子回答道,"因为我很了解他们。你弟弟是一个出类拔萃的好小伙,而玛莎也是一个讨人喜欢的好姑娘。他们允诺相守一生,这有什么不好的呢?"

"什么?!"我几乎喊了出来,"他们已经相互许诺了?"

"对啊,"妻子回答说,"虽然只是一些暗示,但已经非常明显了。两个年轻人志趣相投,所以晚上我和你弟弟要去这姑娘家。这姑娘的父亲肯定会喜欢你弟弟的,然后……"

"然后怎么样?"

"然后让大家知道他们已互生情意,只要你别干涉就行了。"

"好,"我说,"太好了,我十分乐意不去干涉这件蠢事。"

"这不是一件蠢事。"

"那就太好了。"

"一切都会很完美:他们俩会幸福的。"

"那就好!"我说,"不过我要提醒你,玛莎的父亲是一个人尽皆知的家财万贯的守财奴,但愿这也不会妨碍我弟弟和你的想法。"

"那又怎么了?关于这个情况,我很遗憾,但不打算跟你争辩什么,因为这完全不妨碍玛莎做一个好姑娘,更不妨碍她做一个好妻子。你可能忘记了,我和你多次探讨过的话题:屠格涅夫笔下有很多优秀的女性,但他们都有着不怎么令人尊敬的父母。"

"我说的根本不是这回事。玛申卡的确是个好姑娘,但他的父亲在玛莎的两个姐姐出嫁时欺骗了两个女婿,一点嫁妆都没给。他对玛莎也一样,一点嫁妆都不会给的。"

"你怎么知道不会给?他可是最疼爱玛莎的。"

"太太,那你就把口袋敞得大大的,等着吧。我们都知道,这样的父亲是如何'特别疼爱'自己将要出嫁的女儿的。他谁都欺骗！他不可能不欺骗——他靠这个活着，据说他就是靠放高利贷发家的。难道你们还想从这样的人身上看到爱和高尚吗？实话告诉你们，他的大女婿和二女婿都是诡计多端的人，既然他们都被自己的老岳丈欺骗了，现在当然特别憎恨他，更别说我弟弟了，他自小就是个谦虚谨慎的人，那老岳丈更要让他拿着竹篮去打水了。"

"什么叫'拿着竹篮去打水?'"

"哎，太太，你这是在打岔。"

"不，我没有打岔。"

"难道你不知道什么叫'竹篮打水'吗？什么都不给玛申卡——就是这个意思。"

"噢，原来是这样啊。"

"嗯，那当然了。"

"当然，当然！这是很有可能的。我可真是没想到，原来你认为娶一个没有陪嫁的贤妻叫做'竹篮打水'。"

你们肯定能猜到女士们的脾气和逻辑吧。他们总是善于指桑骂槐，旁敲侧击……

"我再说一遍，我没有说自己。"

"没有说自己？那你在说谁?"

"唉，真郁闷啊！亲爱的!"

"你郁闷什么?"

"我郁闷的是，我真的没有说自己。"

"哦，但你就是这样想的。"

"没有，我绝对没有这样想!"

"哦。那你肯定这样假设了。"

"没有。真是见鬼了！我真的没有这样假设过!"

"那你喊什么?"

"我没有喊。"

"'鬼'啊，'鬼'啊的，没有喊这是什么?"

"还不是因为你快要把我逼疯了。"

"你瞧瞧！要是我很有钱，还带了嫁妆来……"

"哎，哎，哎……"

我实在受不了啦，用已故诗人托尔斯泰的话说，"开始像神明，末尾像猪猡"。我做出一副受委屈的样子，事实上——我的确觉得自己很委屈。我摇摇头，转身回我的书房去了。当我带上门的时候，突然感到一阵复仇的欲望，于是又打开门对她说：

"太过分了！"

她却回答道：

"谢谢你，我亲爱的丈夫。"

三

鬼知道刚刚发生了什么事！但是别忘了——这事发生在四年幸福美满、几乎没有过任何争吵的婚姻生活之后！我觉得既懊恼，又委屈，几乎难以忍受这样的不悦！我真的说了些蠢话啊！干吗要说这些蠢话呢？这一切都是因为我弟弟。我又何必这么激动和焦虑呢！要知道，他已经是个成年人了，难道他没有权利决定自己喜欢谁、要娶谁为妻吗？先生们——这年头连自己的亲生儿子都未必尊重你的意见，又怎能要求弟弟听哥哥的话呢？再说了，凭什么要听你的话呢？况且，我真的是一个有先见之明、能准确预测这桩婚事以哪种结局收场的人吗？玛莎的确是个好姑娘，难道我的妻子不是一位好妻子吗？而我，谢天谢地，也没有在众人背后被叫做坏蛋，而我们在度过了四年没有任何争吵的幸福生活后，却像裁缝家的两口子一样吵得不可开交。起因都是些鸡毛蒜皮的小事，都是因为别人的异想天开！

我觉得有点内疚，并有点可怜我的妻子了，因为我已经不把她说的话放在心上，而把所有的罪责归于自己。带着自怨自艾的心情，我进入书房躺在沙发上，盖着爱妻亲手为我织的棉袍睡着了……

妻子亲手做给丈夫的合身的衣服总是一件特别能收买人心的东

西！这衣服那样美好,那样可爱,时不时地让人回想起自己的过错和那双灵巧的小手,一时之间,让人很想好好珍惜她并尽快承认自己的过错。

"原谅我吧,我的天使,都是因为你把我惹火了啊,以后不敢了。"

我急于承认自己的错误,于是醒过来了,起身走出书房。

屋子里漆黑一片,静静的没有声响。

我问女仆:

"太太去哪儿了?"

"太太和您的弟弟一起去玛利亚·尼古拉耶夫娜的父亲家了。我去给您倒杯茶。"女仆说。

"什么!"我心里暗暗思忖,"这么说她还是没有改变主意,还想让我的弟弟娶玛申卡为妻……唉,就让他们去吧。就让玛申卡的父亲像欺骗自己的大女婿和二女婿那样,好好地骗骗他们。这回肯定骗得更惨,因为他的两个女婿都是精明之人,而我弟弟只是一个诚实无欺、谦逊有礼的人。这样也好,就让他骗一骗我弟弟和妻子吧。就让我妻子先得点教训吧,好让她明白如何为别人做媒。"

我从女仆手里接过一杯茶,坐下来开始翻阅公文。这是一个明天要在我们法院开审的案子,目前还有很多困难呢。

我看得入了迷,一直忙到深夜。凌晨两点多,妻子和弟弟回来了,他们俩看起来很高兴。

妻子对我说:

"你想不想吃点冷牛排,喝杯掺酒的水?我们在瓦西里耶夫家吃过了。"

"不用,"我说,"多谢啦。"

"尼古拉·伊万诺维奇忽然慷慨起来,美美地款待了我们。"

"原来是这样啊。"

"是啊,我们今晚挺愉快的,还喝了香槟酒呢。"

"这么好啊!"我嘴上说,心里却在想,"尼古拉·伊万诺维奇真是个老滑头，一眼就看穿了我弟弟是哪种人，他才不会白让我弟弟喝酒呢。现在把我弟弟哄开心了，等订婚期一过，然后立马给老牛套上绳索。"

反对妻子的情绪油然而生，我也没有心情请求她的原谅了。如果我不是特别忙，有空去探求他们俩想出来的爱情游戏的始末，那么，就算我再次发火也不会令人惊奇。我一定会干涉他们，弄得大家都发疯。然而，那时我恰好没有工夫理会他们。前面提到的那个案子让我忙碌了好一阵，直到节日前夕方才空闲下来。那一阵，我只在吃饭和睡觉时才回家，其余时间都是在忒迷斯①的圣坛前度过的。

家里的事情也没有耽搁。当我在圣诞节前夜赶回家，家里人为我终于摆脱了繁忙的公务而开心。他们将一个装满珍贵礼物的篮子摆在我面前，请我看看弟弟要送给玛申卡的礼物。

"这是什么啊？"

"这是未婚夫送给未婚妻的礼物，"妻子解释道。

"啊！？他俩的婚事已经成了！？恭喜啊。"

"对啊。你弟弟本来想再跟你谈一次，然后再去正式求婚，但他太想结婚了，而且，你一直都在忙法院的事情。真的是不能再等了，所以他去求婚了。"

"太好了，"我说，"你们都不等我了。"

"你是在说气话？"

"我没说气话。"

"那么是风凉话？"

"也没说风凉话。"

"就算你说了也没用，因为不管你说什么，他们都会非常幸福的。"

"当然了，"我说，"如果你敢保证，那他们肯定会幸福的！不是

---

① 忒迷斯，希腊神话中掌管法律和正义的女神。"忒迷斯的圣坛"在这里代指法院。

有句谚语吗——'琢磨得越久，挑上的越坏'。不挑也许会更好。"

"那又怎么了！"妻子一边用礼物盖住花篮，一边对我说，"你觉得好像是你们男人挑选了我们女人，其实根本是胡扯。"

"怎么是胡扯了？我认为，没有姑娘去挑小伙，都是小伙去姑娘家提亲。"

"提亲这回事确实有，但精挑细选的事儿根本不可能发生。"

我摇摇头，对她说：

"你想想自己说的话。举个例子，你就是被我挑来的。当然，我选中你是出于对你的尊敬，以及你身上的优点。"

"胡说。"

"怎么胡说了?!"

"就是胡说，因为你选中我根本不是因为看到了我的优点。"

"那是因为什么？"

"因为你喜欢我。"

"难道你觉得自己身上没有优点吗？"

"才不呢。我身上是有很多优点，但如果你不喜欢我的话，又怎么会娶我呢？"

我认为，她说得挺有道理。

"虽然是这样，"我说，"整整一年，我一直在等你，还经常去你家。我为什么要这么做呢？"

"为了看我。"

"不对，我是在研究你的性格。"

妻子哈哈大笑起来。

"傻笑什么！"

"一点儿也不傻。我的朋友，你从来也没有研究过我，因为你不知该如何研究。"

"这又是为什么呢？"

"想听吗？"

"快说吧，亲爱的！"

"是因为你爱上我了！"

"就算是这样吧，那也不妨碍我看见你的优点。"

"妨碍。"

"不，不妨碍。"

"妨碍，无论何时何地都妨碍，而这种长期的研究其实是徒劳的。你以为当你爱上一个女人之后，你还能冷静地观察她吗，你只会瞧着她想入非非。"

"嗯，就算是这样，"我说，"但你说的……也太现实了吧。"

内心却在想："真的是这样啊！"

不料妻子说：

"好好想想，不是什么坏事。现在赶紧去换衣服，跟我们一起去玛申卡家吧，我们今晚去她家过圣诞节，你应该为玛莎和弟弟送上祝福。"

"那好吧。"说完，我跟他们一起去了。

四

到了玛申卡家，我们送上礼物和祝福，然后大家开始喝美味的香槟酒。

几乎没有时间去思考和交谈，更没有时间去劝阻他们。我们只能祝福这对新人能够获得预期的幸福，大家在一起喝着香槟酒。就这样，无数个日日夜夜过去了，有时在我家，有时在新娘的父母家。

在这样快活的气氛中，日子能过得不愉快吗？

时间转瞬即逝，很快到了新年前夕。节日的快乐气氛越来越浓。全世界的人都想欢度节日，我们又怎能例外。这次，我们在玛申卡的父母家里过新年，就像我们的老祖宗说的那样"以酒洗面"，正应了一句古话——"罗斯即开怀畅饮"，但有一件事不太合乎常理。玛申卡的父亲起初缄口不提嫁妆的事，随后他送给女儿一件非常怪异的、令人很难接受的、不祥的礼物（后来，我才明白他的用意）。吃晚饭的时候，他当着大家的面亲手把一串珍贵的珍珠项链戴到玛申卡的脖子上。我们两个男人看了看这珍珠项链，还觉得挺美。

"哎呀，这得值多少钱啊？这是老祖宗传下来的宝物吧？那年头一些有钱的贵族不愿把宝贝物件送到店铺去典当，因此在急需用钱的时候，常常把宝贝物件送到和玛申卡的父亲一样秘密存放高利贷的人那里做抵押。"

珍珠颗粒又大又圆，看起来非常鲜活，而项链却采用了老式的筛孔式做工——颈后最开始的一颗并不太大，但是非常圆润，越往前珠子越来越大，直到最前面正中间排了三颗令人惊异的、色泽艳丽的黑珍珠。这串珍贵的项链使弟弟带来的礼物黯然失色。我们两个愚蠢的男人一边欣赏着玛申卡的父亲送给她的这件珍贵的礼物，一边回味着他那句意味深长的话。在亲手为女儿戴上这串珍珠项链时，玛申卡的父亲说："女儿啊，这东西是带了咒语的：虫蛀不了，贼偷不去，即使贼偷去也不能带来幸福。它是永恒的。"

然而，女士们却对这件宝物持有自己的看法。玛申卡在收到礼物时甚至哭了起来，我妻子也有些受不了，得了个空在窗户边说了尼古拉·伊万诺维奇几句。看在亲戚的分上，他接受了我妻子的责备。之所以责备他送给玛申卡这样的礼物，是因为珍珠象征和预示着眼泪。正因为这个缘故，人们从来不会将珍珠作为新年礼物送给新人。

然而，尼古拉·伊万诺维奇却轻松地开了个玩笑。

他说："首先，这根本是无聊的偏见。要是有人愿意送给我一串尤苏波娃公爵夫人从戈尔古布斯手里买来的珍珠，我立刻欣然接受。我是有分寸的，知道什么东西该送、什么东西不该送。不能给年轻姑娘送绿松石，因为波斯人觉得绿松石是殉情人的骨头；不能给已婚的女士送刻了爱神箭的紫水晶，不过我曾尝试送过，那些太太们并没有拒绝……"

我妻子笑了。尼古拉·伊万诺维奇接着说：

"我也想送您礼物呢。如果要送珍珠的话必须得了解，珍珠和珍珠是不一样的。并不是所有的珍珠都会带来眼泪。波斯珍珠、红海珍珠,还有静海珍珠,也就是淡水珍珠,这些珍珠就不会带来眼泪。当然,多愁善感的玛利亚·斯图尔特只佩戴来自苏格兰河流的淡水珍珠,这种珍珠也并没给她带来幸福。我知道应该给女儿送什么礼物,我送给她的正是应该送给她的,你们可别吓唬她。不过我不会送您刻了爱神箭的紫水晶,我会送您冷峻的'月亮宝石'。但是,我的女儿,你别哭泣,也别怕这项链会给你带来眼泪。这种事是不会发生的。在你举行婚礼的第二天,我就告诉你珍珠项链的秘密,到时候你就会明白,不用害怕有任何偏见……"

这场风波就这样平静了下来,弟弟和玛申卡在主显节后举行了婚礼。第二天,我和妻子去拜访了这对新人。

五

我们到的时候,他俩已经起床了,看起来心情特别好。弟弟亲自为我们开了房门(这间房是弟弟在婚前专门为自己预定的),满面春风地迎出来,一脸笑意。

这令我想起很久以前的一篇小说,故事中的新郎因为太幸福而发疯了,我以此警告弟弟,不料他却说:

"你想想看,我居然碰到了这样的事情,连我自己都难以置信了。今天,我的家庭生活正式拉开序幕,这里不仅有爱妻带给我的预料之中的喜悦,还有岳父带来的始料未及的福气。"

"发生什么事了?"

"你们进来,我讲给你们听。"

妻子小声对我说:

"难道是老岳丈骗了他们?"

我回答道:

"可不关我的事啊。"

待我们进去后,弟弟让我们看一封打开的信,这是新婚夫妇今早收到的市内邮件,信上写着:

"关于珍珠的偏见不可能威胁到你们,因为这串珍珠项链是假的。"

我妻子跌坐在椅子上。

"真是个恶棍!"她说。

但是弟弟向妻子点了点头,冲着玛莎正在梳妆的卧室说:

"你错了,我的岳父是一个非常诚实的人。当我收到这封信,看完以后就笑了……我有什么好难过的呢?我寻找的不是嫁妆,也不求谁会为我带来嫁妆,我找的是一位妻子。珍珠项链虽然是假的,但我一点儿也不觉得悲伤。就算这项链并非价值三万,而是价值三百卢布,对我来说也没什么区别,只要我的妻子幸福就可以了……我只担心一件事,那就是——怎么跟玛莎说这件事呢?我坐下来,面对窗户寻思这件事,所以并没有发现房门是开的。几分钟以后,我转过身,突然发现岳父站在我身后,他手里拿着一个用手绢包起来的东西。

'你好,'他说,'亲爱的女婿。'

我跳起来,拥抱了他,然后对他说:

'太好了!再过一小时我们就要去您那儿了,您却先过来了……这好像不合规矩呀……您真是太好了。'

'那又怎么了!'他说,'我们已经是一家人了。我刚做了午前祷告,为你们祷告了,这是带给你们的圣饼。'

我再次拥抱了他,并亲吻了他。

'你收到我的信了吗?'他问道。

'当然收到了。'我说。

说着我笑了。

他看着我。

'你笑什么?'他问道。

'那怎么办?这太好笑了。'

'好笑?'

'不是好笑是什么?'

'你把那项链拿过来。'

'那串项链就摆在桌上的盒子里，我把它拿了过来。'

'你有放大镜吗？'

我说：'没有'。

'其实我有。我老早就养成了随身携带放大镜的习惯。你来看看锁扣。'

'看它干什么？'

'不，你过来看看。也许，你觉得我在骗你。'

'我从来没有这样想过。'

'不，你看看嘛，看看。'

'我接过放大镜看了看锁扣，在一个不太显眼的地方刻着几个法语字母——布吉立翁①。'

'现在相信了吧，'岳父说，'这珍珠的确是假的。'

'嗯，相信了。'

'此刻，你有什么想对我说的吗？'

'还是和以前一样。这跟我没关系，我只求您……'

'说吧，什么？'

'不要把这件事告诉玛莎。'

'为什么呢？'

'是因为……'

'到底是什么缘由呢？你不想让她伤心？'

'对，但还有别的原因。'

'还有什么原因？'

'我不想让玛莎的心中产生憎恶父亲的情绪。'

'憎恶父亲？'

'对。'

'她已经脱离了父亲，现在对她最重要的人是——丈夫。'

'永远不会的，'我说，'人心不是路边的客栈，永远不会嫌挤。

---

① 巴黎的布吉立翁工厂，以加工人造珍珠而著称。

对父亲的感情是一种爱，对丈夫的感情是另一种爱，还有许多其他的爱……如果丈夫希望自己的妻子幸福，那他就应该关心她，为了能够尊重妻子，他更应该珍惜妻子对父母的爱和尊重.'

'哎，你真行啊.'

岳父用手指弹了弹鼻烟壶，沉默了一会儿，然后站起来对我说：

'亲爱的女婿，我千辛万苦、千方百计攒下了这点财产。从长远来看，这种生财之路也许并不令人称道，但在那样的年头，我也没有别的办法来赚钱了。我不相信别人，觉得只有小说中才有爱，我从现实生活中看到：人人都爱钱。我没给两个女婿分钱，结果他们就开始憎恨我，还不让两个女儿来看我。我不知道我们谁比谁更高尚——不知是他们还是我？我没给他们钱，他们就撕碎了活生生的人心。我偏不给他们，我的钱只给你。来，我现在就给你！'"

"你们看看！"

弟弟指着三张五万卢布的票据让我们看。

"难道这都是给你妻子的吗？"我问。

"不，"弟弟回答道，"岳父给了玛莎五万卢布，我就对他说：

'您知道吗，尼古拉·伊万诺维奇，这样不太好。玛莎会觉得很为难，她有了您给的嫁妆，她的两个姐姐却没有。这会让她的两个姐姐嫉妒她，讨厌她。算了，这些钱您还是留着吧。等到时机成熟了，您与两个大女儿和解，再把这些钱平分给三个女儿。到那时候，大家都会很开心。您要把这些钱都给我们，还是算了吧！'

岳父站起来，在屋里转了一圈，然后冲着卧室门高声喊道：

'玛利亚！'

玛莎穿着长袍睡衣，从卧室里走出来：

'祝贺你！'岳父说。

她亲吻了父亲的手。

'你想要幸福吗？'

'当然想要了，爸爸。我希望自己能幸福！'

'好。你挑了一个好丈夫啊！'

'爸爸，不是我挑的，是上帝赐给我的。'

'好，好。是上帝赐给你的，我再赐给你一些幸福吧。这里是三张数额相同的票据。一张给你，另外两张给你的两个姐姐。你亲手交给他们，就说这是你给他们的……'

'爸爸！'

玛莎跑过去抱住岳父的脖子，后来忽然跪下来，抱住他的腿哭了起来。我一看，岳父也哭了。

'快起来，快起来！'他接着说，'按民间的说法，你今天是新娘，不该向我下跪。'

'但是我太幸福了……也替两个姐姐高兴！……'

'是的，是的。我也很幸福！现在你看见了吧，根本不用担心珍珠的咒语。我要告诉你一个秘密，我送给你的珍珠项链是假的。这是很久以前的一个好朋友送给我的——他可不是一般人，而是留里克和格季明的后代。你的丈夫有着高尚而真挚的灵魂，这样的人是无法欺骗的——于心不忍啊！"

"我的故事讲完了。"这位客人最后说，"尽管这是一个真实发生的故事，但我认为它符合传统的圣诞节故事的情节和要求。"

(一八八五年)

小姑娘

[英] 曼斯菲尔德

翟国欣 译

在小姑娘的眼里，他可是个可怕的人物，得躲远远的。每天早晨上班前，他都会来儿童房里，例行公事地给她一个吻。作为回答，她则说上一句："再见，爸爸。"然后她听见轻便马车在长长的大路上越走越远——啊，松了好大一口气，真舒服呀！

到了晚上，爸爸回来了，她扑到楼梯的栏杆上。只听爸爸在门厅里大声喊着："把我的茶端到吸烟室去……报纸还没送到吗？又给拿到厨房去了吧？孩子妈，去看看报纸是不是在那儿。还有，再把我的拖鞋拿来。"

"凯西亚，"这时妈妈就会叫她，"如果你是个乖孩子的话，你可以下楼来帮爸爸把靴子脱掉。"于是小姑娘慢腾腾地从楼梯上溜下来，因为一只手还紧紧抓着楼梯扶手，就又慢上许多。她从门厅走过，推开吸烟室的门。

这时候爸爸已经把眼镜戴上了，他的目光越过镜片上方，朝小姑娘看了一眼，那模样真让小姑娘害怕。

"好了，凯西亚，别发呆了。把这两只靴子脱下来，然后拿到外边去。你今天乖吗？"

"我不——不——不知道，爸爸。"

"你不——不知道？要是你只会这样结结巴巴地说话，妈妈就要带你去看大夫了。"

她跟别人说话可从来都不结巴，她早就改掉啦。只有在爸爸面前她才这样子，因为她拼命想把话说得更得体一点。

"这是怎么啦？瞧你这副可怜的样子，是想干吗呀？孩子妈，我希望你教导教导这个孩子，看着就像要自杀一样……喂，凯西亚，把我的茶杯放回桌子上。小心点儿，看你的手，颤颤巍巍的，跟老太太一样；把你的手绢放到口袋里去，别拖在袖子里。"

"是——是的，爸爸。"

礼拜日在教堂里，她和他坐在一张长条靠背椅上，听他响亮而清晰地唱着圣歌。牧师布道时，她看着他用一支蓝色的铅笔头在信封背面做着小段的笔记，他的眼睛眯成一条缝，一只手在前排长椅的隔板上无声地敲打着；他祷告起来声音可大着呢，她想，都盖过牧师的声音啦，上帝准能听见。

他个儿真高，他的手真大，脖子真长，特别是打哈欠的时候，嘴巴张得可真大。每当她独自在儿童房里想到他的时候，就像是在想象一个巨人。

礼拜日下午，奶奶给她穿上一身棕色的丝绒衣服，打发她下楼到客厅里去"和爸爸妈妈好好聊会天"。可是小姑娘总是发现妈妈在读《随笔》，而爸爸呢，他伸直了身子躺在沙发里，脸上盖着一块手绢，腿架在最好的沙发靠垫上。他睡得那么熟，还打起了呼噜。

她像只小鸟一样坐在琴凳上，眼巴巴地看着他，直到他醒过来。他伸了个懒腰，问几点了，然后才注意到她。

"别这样盯着别人看，凯西亚，你看上去就像一只棕色的小猫头鹰。"

有一天，小姑娘感冒了，只能待在家里。奶奶告诉她下个礼拜就到爸爸的生日了，她还给小姑娘出了个主意，让她用漂亮的黄丝缎缝一个针垫，作为送给爸爸的礼物。

费了半天劲儿，小姑娘好不容易用双股棉线把三条边都缝了起来，但是，塞点什么进去才好呢？这可是个问题。奶奶正在外面花园

·161·

里，她晃进了妈妈的卧室，想找点"小碎片"。她在床头柜上发现了好多做工考究的纸张，就都拿起来，撕得碎碎的，塞进了套子里。然后，她缝上了第四条边。

当天晚上，整座宅子里传出了一阵叫嚷声。爸爸为港务局准备的那份重要讲稿不见了。一间间房间都找遍了，仆人们也都问过了，最后妈妈走进了儿童房。

"凯西亚，我想你没看见我们卧室桌子上的纸吧？"

"哦，看到啦，"她回答，"我为了做'惊喜'，把它们都撕啦。"

"什么！"妈妈尖叫起来，"现在马上给我到餐厅去。"

于是她被拖下楼，一路拖到了爸爸面前，爸爸正背着手在房间里踱来踱去。

"怎么回事？"他问道，口气很凶。

妈妈解释了一番。

他在小姑娘面前站定，目瞪口呆地盯着她看。

"是你干的吗？"

"不——不——不是。"她低声说。

"孩子妈，赶快上楼去，把那个倒霉东西拿下来。现在马上让孩子到床上去。"

她哭得上气不接下气，哪还有力气为自己辩解呢。她躺在黑乎乎的房间里，看着百叶窗漏出的昏黄灯光洒在地板上，描绘出小小的悲伤的图案。

爸爸走进来了，手里拿着一把戒尺。

"瞧你干的好事，我要抽你一顿。"他说。

"噢，别啊，别！"她尖叫着，在被子里缩成一团。

他把被子掀了起来。

"坐直了，"他命令道，"把手伸过来。一定要好好教训你，不是你的东西，你不许乱碰！"

"可这都是为了您的生——生——生日啊。"

戒尺重重地落下，打在她粉嫩的小手心上。

几个钟头过去后,奶奶用一条披巾把她裹起来,抱着她在摇椅里来回摇动。女孩蜷起身子,紧紧贴在奶奶柔软的怀抱里。

"上帝干吗要造出爸爸呀?"她啜泣着。

"给你一块干净的手帕,亲爱的,上面还洒了我的香水呢。去睡吧,宝贝。明早一起床,你准能把这些都忘掉啦。我本来想和你爸爸说叨几句的,可他今晚情绪不好,什么也听不进去啦。"

可是女孩忘不了。第二天她一看见爸爸,就赶紧把两只小手藏到身后,小脸涨得通红。

麦克唐纳家住在隔壁,他们家有五个孩子。透过蔬菜园子的篱笆缝,小姑娘能看见他们在玩"老鹰捉小鸡"的游戏。爸爸的肩上背着麦克,两个小女孩抓着他外套的"尾巴",绕着花坛跑啊跑,笑得都要站不住了。有一回,她还看见他们家的男孩子们把长水管对着他——把长水管对着他。他作势要扑上去抓他们,逗得两个孩子笑个不住,直到打起嗝来。

于是她做出了判断:天底下有各种各样的爸爸。

突然有一天,妈妈病倒了,她和奶奶坐在一个封闭的马车里去城里看病。

家里只剩下小姑娘,还有"总管"艾莉丝。白天还好,可是到了夜里,当艾莉丝把她放到床上时,她忽然感到很害怕。

"要是我做噩梦该怎么办呀?"她问,"我老是做噩梦,奶奶会把我抱去和她一起睡。我不要待在黑乎乎的地方,到处都是说悄悄话的声音……要是我做噩梦该怎么办呀!"

"你就睡吧,孩子,"艾莉丝一边说着,一边把她的袜子脱了,顺手撂在床栏杆上,"你别乱叫,当心吵醒了你那可怜的爸爸。"

可是那个经常做的噩梦又来了。一个屠夫,一手拿着刀子,一手拿着绳子,离她越来越近。他朝她笑了一下,那笑容多恐怖啊。而她呢,她一动都不能动,只能杵在那儿。她大声哭喊着:"奶奶!奶奶!"当她惊醒过来的时候,爸爸正坐在她的床边,手里拿着一根蜡烛。

· 163 ·

"怎么了?"他问。

"噢,一个杀猪的——有刀——我要奶奶!"

他吹熄了蜡烛,弯下腰来把她抱在怀里,接着他一路穿过走廊,把她带进了大卧室。一份报纸摊在床上,一支吸了一半的雪茄搭在台灯上。他把报纸丢到地上,雪茄也扔进了壁炉,然后他轻轻地把孩子裹严实了,躺在她身边。半睡半醒之间,她满脑袋还是屠夫的笑脸,她觉得自己的身体好像在挪动,蹭过去紧贴着他,还把脑袋瓜舒服地窝在他的胳肢窝底下,紧紧地抓着他的睡衣。

这下子,黑乎乎的夜晚什么的,就不用怕啦,她安安静静地躺着。

"来,把你的小脚在我腿上蹭蹭,就不会冷了。"爸爸说。

因为实在是太疲倦了,不等小姑娘睡着,爸爸就睡着了。一种异样的情愫浮现在她的心头,可怜的爸爸!他也不是那么大个儿嘛!而且还没有人照顾他……他比奶奶严厉,可那种严厉也不错哇……他每天工作那么累,当然做不到麦克唐纳家爸爸的样子啦……可她把他那么漂亮的字给撕了……她动了动身子,叹了口气。

"怎么了?"爸爸问,"又做噩梦了?"

"哎,"小姑娘说,"我的头挨着您的心,我能听见它在跳呢。您的心可真大呀,我的好爸爸。"

最后一片常春藤叶

[美] 欧·亨利

刘 洋 译

华盛顿广场西边的一个小区里，街道疯狂地分出了许多所谓的"小巷"。这些"小巷"弯出各种奇怪的角度和路线。一条街甚至会跟自己交汇上一两回。有一次，一个艺术家倒是在这条街上发现了某种值得玩味的可能性。想象一下，一个商人去收颜料、纸张和画布的款子，正在街上拐弯抹角时，突然撞上空手而归的自己，那该多有趣啊！

所以，很多搞艺术的人纷纷来到古老离奇的格林威治村。他们东转西转，寻找着朝北的窗子、十八世纪的三角墙、荷兰式的阁楼以及便宜的房租。然后，这些人便从第六大街搞来几个锡腊杯子，再弄一两口暖锅，一个"聚居区"就形成了。

苏和琼西的工作室位于一座矮墩墩的三层砖楼顶层。"琼西"是琼安娜的昵称。她们一个来自缅因州，另一个来自加利福尼亚。二人是在第八大街一家叫做"德尔蒙尼可"的餐厅吃套餐时碰上的。聊了之后才发现，她们对艺术、食物和衣着的品味是如此相投，于是便合办了那间工作室。

那是五月的事了。到了十一月，一个冰冷无形的不速之客光临，潜行于"聚居区"，并时不时地用他冰冷的手指碰碰这位摸摸那位。医生管他叫"肺炎"。在广场的东侧，这个坏东西肆意横行。每次来袭,总有几十个人跟着倒霉。然而在这狭窄老旧的"小巷"里,他的脚步却慢了下来。

这位"肺炎先生"可不是什么富有济贫扶弱精神的老绅士。一位柔弱女子,已经被加利福尼亚的劲风吹得面无血色,像他这种拳头赤红、呼呼带喘的老家伙对此本应看不上眼才对。然而他居然打起琼西的主意。她病倒在油漆的铁架床上,一动不动,透过荷兰式小窗,望着对面砖楼空白的墙壁。

一天早上,那位忙碌的医生一挑那道粗浓杂乱的灰眉毛,把苏请到过道上。

"这么说吧,她康复的希望只有十分之一,"说着,他把体温计里的水银甩下去。"而她必须要有生存的意志才会有希望。病人总觉得自己活不成,红火了殡仪馆的生意,反倒让我们这些治病救人的家伙显得可笑。您这位年轻的小姐已经铁了心,认为自己好不起来了。她有什么心事吗?"

"她——她想有朝一日能去画那不勒斯湾。"苏说。

"画画?胡说!她就没什么值得多想想的——比如男人?"

"男人?"苏说,口气像是在吹口琴。"男人难道就值得了——不,医生,没有那种事。"

"哎,那肯定是虚弱所致,"医生说,"凡是科学上能够做到的,我一定尽力。可每每我的病人开始盘算要有几辆马车为他送葬,我就得把药力减掉一半。要是你能让她重新对冬装的款式感兴趣,我保证她康复的几率能加倍。"

医生走后,苏跑回工作室大哭一场,把一张日本餐巾擦得黏黏糊糊。随后,她带着画板,嘴里吹着拉格泰姆的调子,精神抖擞地走进琼西的房间。

琼西面朝窗户的方向躺着,被窝里没有一点动静。苏以为她睡着了,立马停口不吹了。

她把画板摆好,开始为某家杂志创作故事的钢笔画插图。年轻的艺术家必须以这样的方式铺设自己的艺术道路,正如撰文的年轻作家也正是通过为这样的杂志效力来铺平自己的文学道路。

苏正为故事中的主角——一位爱达荷的牛仔画上一条参加马展穿的漂亮马裤，还添了一个单片眼镜。突然她听到一个低沉的声音反复响起，她赶忙来到床边。

琼西的眼睛睁得大大的。她望着窗外，在数数——而且是倒数。

"十二，"她说，过了一会儿又数道："十一。"接着"十"、"九"；之后是"八"、"七"，这两个几乎是连着数的。

苏热切地朝窗外看去。那里有什么可数的呢？只有一个空荡凄凉的院子而已，再就是二十英尺外一栋砖楼的空白墙壁。一株很老很老的常春藤攀在半面墙上，盘曲的根部已经枯萎。秋日的冷风已将藤上的叶子吹落殆尽，只留下近乎光秃的藤枝趴在破碎的砖墙上。

"怎么了，亲爱的？"苏问道。

"六，"琼西说，声音近乎耳语。"它们掉得越来越快了。三天前还有将近一百片。数得我头都疼。现在可容易了。看，又掉了一片。如今只剩五片了。"

"五片什么，亲爱的？告诉你的苏迪①吧。"

"是叶子。常春藤上的叶子。等最后一片掉落，我肯定也就去了。三天前我就知道了。难道医生没告诉你吗？"

"啊，我可没听过那些蠢话，"苏一副满不在乎的样子抱怨着，"这些老叶子跟你治病有什么关系？你以前不是还挺喜欢那株常春藤的么，你这个淘气的姑娘。行了，别犯傻了。对了，今早医生告诉我你很快就康复的几率是——让我想想，他是怎么说的来着——他说机会是九成呢！嘿，那就跟我们在纽约搭街车，或者是路过一栋新楼的机会差不多。现在好歹喝点汤吧，让苏迪继续画画，这样才好卖给编辑，赚钱给她生病的小朋友买些葡萄酒，也给自己那张馋嘴添两块猪排。"

"你不必再买酒了，"琼西两眼凝视着窗外说道，"又掉了一片。

---

① 苏的昵称。

不,我不想喝汤了。只剩四片。我想在天黑前看最后一片落下。之后我也就该走了。"

"琼西,亲爱的,"苏说着弯下身子,"答应我,现在把眼睛闭上。等我把画完成再看窗外,好吗?这些插图明天就得交。我需要光线,不然早就把窗帘放下来了。"

"你就不能去别的屋里画么?"琼西冷冷地说。

"我想待在这里,跟你一起。"苏说,"再说了,我也不想让你没完没了地盯着那些破叶子。"

"一画完马上告诉我,"琼西说着闭上了眼睛。她静静地躺着,脸色惨白,活像是一尊倒下的雕像。"因为我想亲眼看到最后一片叶子落下。我已经懒得再等,也懒得再想了。我想要放弃一切,像那些可怜而厌倦的树叶一般,向下飘啊飘。"

"试着睡一会儿吧,"苏说道,"我得打电话让贝尔曼先生上楼来,给我做那个离群索居的老矿工的模特。用不了一分钟我就回来。在这之前,你尽量别动。"

老贝尔曼是个画家,就住在她们楼的底层。他六十多岁,有着米开朗基罗所作的摩西雕像那样的卷须,从半羊人似的脑袋上,顺着小魔鬼一般的身体垂下。在艺术上,贝尔曼是个失败者。挥舞画笔刷刷点点四十年,也没能触碰到艺术女神的长袍边缘。他总说马上就要画出一幅杰作,但却从来没有动笔。多年来除了偶尔画些广告和商业画,他几乎一无所成。他给"聚居区"里的年轻画家当模特,挣些小钱。而这些画家往往请不起专业模特。他喝了太多的杜松子酒,还没完没了地念叨着他即将问世的杰作。除此之外,他是个暴脾气的小老头,瞧不起别人的和颜悦色,却把自己看成专门保护楼上两位年轻艺术家的看门狗。

楼下灯光昏暗的屋子里,苏找到了酒气熏天的贝尔曼。角落里的画架上躺着一块空白的画布。它已经在那里等候了二十五年,等着杰作着笔。她给他讲了琼西的念头,说她真怕柔弱如枯叶的琼西放弃与这世界的最后一丝联系,撒手人寰。

老贝尔曼两眼充血，显然还挂着泪花。他厉声咆哮着，表达自己对这样的愚蠢想法有多么鄙视、多么嗤之以鼻。

"什么呀！"他叫道，"世上还有这么傻的人，就因为藤上掉下几片破叶子就要寻死?！从没听过这样的蠢事。不行，我可没工夫替你做什么愚蠢的模特。你怎么能让她有这种傻念头？哎，可怜的琼小姐。"

"她现在病得厉害，身体很虚弱，"苏说道，"因为发烧，脑子也变得糊里糊涂，净是些奇奇怪怪的想法。好吧，贝尔曼先生，既然您不愿给我当模特，那就算了。依我看，你是个可恶的老——老痞子。"

"你还真磨叽！"贝尔曼先生吼道，"谁说我不愿意的？走吧，我跟你去。这半天我都想说，愿意给你当模特。老天爷！琼西小姐这样的好人真不该在这种地方害了病。总有一天，我要画一幅杰作，然后大家就都可以远走高飞了。对！就是这样。"

他们上楼时，琼西已经睡着了。苏把窗帘拉到窗台位置，示意贝尔曼去另一个屋子。在那里，他们忧心忡忡地盯着窗外的常春藤，接着默默无语地对视了片刻。冻雨夹着雪花下个不停。贝尔曼身穿蓝色的旧衬衫，坐在扣着的铁锅充当的岩石上，扮演离群索居的老矿工。

第二天早上，苏小睡了一个钟头醒过来。她发现琼西睁大着呆滞的双眼，盯着低垂的绿色窗帘。

"把它拉起来吧，我想看看，"她轻声命令道。

睡意朦胧中，苏照做了。

可是，喏！整夜的疾风劲雨过后，依然有一片常春藤叶依附在墙上。那是藤上最后一片叶子了。叶茎近处还是一片幽绿，锯齿形的叶子边缘已经变得枯黄。它毅然悬于离地二十英尺的藤枝上。

"这是最后一片了，"琼西说，"我以为昨夜它肯定会掉的。我听得到那风声，心想今天它一定落了，而我也要死了。"

"天哪！"苏惊呼道，说着把她疲惫的脸凑近枕边，"即使你不为自己考虑，也请为我想想。你死了我可怎么办？"

可琼西没有回答。世上最为悲戚寂寞的，莫过于准备奔赴死亡征程的灵魂了。当她与友谊、与这个世界的牵系逐个松弛,那死亡之念似乎也更加有力地将她占据。

漫长的一天总算过去。透过黄昏的暮色,她们依稀可以看到那片叶子孤零零地依附于墙上的藤蔓。接着,暴风随夜晚而至,雨点依旧敲打着窗子,顺着低矮的荷兰式屋檐淅沥落下。

天光渐亮时,琼西再次无情地要求拉起窗帘。

那片藤叶还在。

琼西躺在那里望了许久。接着她呼唤苏。苏正在煤气炉上搅动鸡汤。

"我可真是个坏姑娘,苏迪,"琼西说,"冥冥中有股力量,让那片叶子一直坚持着,好让我看看自己有多糟糕。寻死是种罪孽。现在你可以端点汤给我了,再来点加红酒的牛奶,还有——不,先给我一面小镜子,再帮我垫几个枕头,我要坐起来看你下厨。"

一个小时后,她说:

"苏迪,我希望有朝一日能去画那不勒斯湾。"

下午医生来访,临走时苏借机来到走廊里。

"现在有五成希望了,"医生握着苏纤瘦、颤抖的手说道,"只要悉心照顾,你们会成功的。现在我得去楼下看另一位病人了。他叫贝尔曼——貌似也是个搞艺术的。他也得了肺炎。这人年纪大了,身体也虚弱,况且疾病来势凶猛。他是没希望康复了;但今天还是要把他送进医院,让他好受些。"

第二天医生告诉苏:"琼西已经脱离危险。你们胜利了。现在只需好生照料,多加营养,就可以了。"

当天下午,苏来到琼西床前。琼西正心满意足地织一条毫无用处的蓝色披肩。苏伸出手臂,将她连带枕头一起抱住。

"我有事要告诉你,小家伙,"她说,"贝尔曼先生今天在医院去世了。他患了肺炎,短短两天人就没了。头天早上,看门人发现他在楼下的房间里,痛得厉害。他的鞋和衣服全都湿透了,浑身冰凉。他们不明白,晚上冷风骤雨的,他跑到哪里去了。之后他们发现了提灯——灯还亮着呢，还找到一把挪过的梯子、几只散落的画笔，还有涂着黄色和绿色颜料的画板，还有——亲爱的，看看窗外，看看墙上的那片常春藤叶。你不是一直纳闷为什么它在风中丝毫没有飘动吗？亲爱的，那就是贝尔曼先生的杰作啊——最后一片叶子落下当晚，他把它画到了墙上。"

风雪沦落人

[美]史蒂芬·克莱恩

党 娣 译

二月份的一天，下午三点，刺骨的寒风呼啸而过，鹅毛般的大雪漫天飞舞。狂风将屋檐上的积雪横扫而下，又将马路上的积雪席卷而起。整条街上，人头攒动，暴风雪打在脸上，犹如无数细针不断划过，隐隐作痛。他们的脖子紧紧地缩进大衣领子里，低着头弯着腰慢慢走着，就像步履蹒跚的花甲之人。车夫们驾着马车，快马加鞭。他们坐在高高的马车上，曝露在风雪中，看起来更加冷酷无情。驶往城北的马车却缓慢前行，拉车的马儿在两个车轮间泥泞的道路上一步一滑地走着。驾车的车夫裹得严严实实，只露出一双眼睛。他们直面寒风，直挺挺地站着，看起来很是英勇。头顶上的铁轨列车轰隆隆地驶过。横跨在街道上方的暗色车轨上，不断有雪水嘀嘀嗒嗒地落在雪地上。

大雪覆盖了铺着鹅卵石的街道，淹没了大街上的喧嚣声。对于望向窗外的那个人来说，尽管凛冽的寒风无情地鞭打着整个世界，令人感到万分恐怖，但街上的嘈杂声竟成为了一曲不可或缺的生命欢歌。大街上时而有隐隐约约的人影，在风雪中也能辨得出，他们正在铲开路面上厚厚的积雪，忙得不可开交。远处嘈杂的铲雪声勾起了人们的回忆，因为他们多少都有过乡下劳作的经历。过了不久，商店的大玻璃窗上泛起暖暖的灯光，橙色或黄色的灯光缓缓地淌在人行道上。顿时，街上的人们沸腾了，呼喊声连成一片，可他们的喊声却像风雪一样，气势凶猛，叫人难以忍受。他们的脸和脖子冻僵了，双脚也麻木了，这灯光让街上的人们和车夫觉得有了目标：向着那些未知的大门挺进，向着各种各样的避难所挺进，向着同家一样温暖的地方挺进。

想到热气腾腾的饭菜，街上的人们不禁加快了脚步。如果有人要问街上的人要去哪里，那么他肯定是在人类居所的问题上迷失了自己，就犹如向空中抛开一把沙子，然后试图追寻每一粒沙的轨迹。如果他认为街上的人要去那些有热腾腾饭菜的地方，那他的想法就错不了了，因为每个人的脸上都能透露这一点。这是一个传统话题了，孩子的寓言故事中就开始有了，而且每一次暴风雪来临的时候都会关系到这一话题。

西边黑暗的街道上，聚集着一群人，对他们而言，这个问题却有所不同。这条街上有一个收容所，只要花上五美分，城里无家可归的人就可以在这里稍作安顿，晚上有一张床可以安心入睡，早上还有咖啡和面包聊以果腹。

这天下午，呼啸的寒风夹杂着漫天飞舞的大雪打在人们的身上，就像手拿皮鞭的车夫鞭打着马儿一样。下午三点半，收容所的大门紧闭着，门前挤满了无家可归的人，他们正等着大门打开。不远望去，他们个个缩着身子，挤满了门廊，挤满了收容所周围所有能站人的地方。他们相互依偎，互相取暖，抵御着风寒。慢慢停靠在路边的篷车顿时就成了十来个人的避风港。有轨列车车站的台阶下面，六七个人缩着脖子，猫着腰儿，双手深深地插进口袋，不断跺着双脚暖和身子。街头还有人陆续地加入这个队伍，但他们对这一情况显然还有点陌生。他们有的无精打采地挪着步子，随着那些迈着绝望步子的专业流浪者慢慢前行，有的则犹豫不决地挪着步子，脸上还挂着一丝不安的神情，这更加表明他们对这一切是那么陌生。

不可思议的是，这个下午似乎变得更长了。凛冽的寒风卷着打着旋儿的团团雪花，找到躲藏的人们，娴熟地抽打着他们。刺骨的风雪打湿了他们的衣裳。人们挤成一团，嘴里嘟嘟囔囔悄声抱怨着，口袋

・175

里的手冻得通红，哆嗦地来回摸索，躲在衣服下取暖。

新来的人往往会慢慢凑过来，在人堆里停下脚步问点问题，他们问得最多的就是"门还没开吗"。

"当然没有了，没看见我们还在这等着嘛!"若有人把新来的还当回事的话，就会这样回答，不过，那鄙视的神情早已显露于表了。

门前，流浪者的队伍越来越壮观了，前来的人依然络绎不绝。只见他们顶风冒雪，拖着沉重的步子艰难前行。

天色终于暗了下来。夜色掩映下，街道上一小块大雪覆盖的空地逐渐呈现出一片模糊的铅灰色。阴阴的夜色中，高楼林立，一个个窗户上渐渐地氤氲起柔和的灯光。暖暖的灯光透过窗户像流水一般静静地泻到雪地上，泛起闪烁斑驳的黄色光影。鹅毛般的雪花慢慢转成了雨夹雪，密密地斜织着，打在路灯罩上结成一层薄薄的冰。街边的路灯本来就没精打采地亮着，这时也只能透出淡淡的光晕了。

模糊的灯光下，人们渐渐地走出了暂时的避风港，慢慢地聚集到收容所的门前。人群中的人们形色各异，但不外乎是美国人、德国人和爱尔兰人。他们大多都很健壮，皮肤也算干净，其面容与接受过施舍的人的神情不尽相同。他们有的坚忍不拔，勤勉有加，意志坚强;有的哪怕遭遇厄运，也依然直面社会，不言放弃。面对富人的傲慢，他们嗤之以鼻，面对穷人的怯懦，他们扼腕惋惜。然而，眼下时世艰难，他们表现出前所未有的懦弱，就像在人生的竞赛中已被彻底征服，就像眼睁睁地看着世界前进的车轮在身旁走过，却不忘窥探他们失败的窘境，缺失的所有。还有的刚从鲍尔瑞大街廉价的旅馆中搬出来，他们平时四处为家，通常花上十美分就可以找个地方对付一宿，但这里更便宜一些，于是都纷纷赶来。

他们此时已经完全融入了这个群体，也许有人不能分辨出这些人与其他人有何不同，但却能看出这点事实:风雪中的大多数劳动人民仍然无动于衷，保持沉默，他们仍然耐心地盯着收容所的窗户。

不久，人行道就被挤得水泄不通。他们互相依偎着抵御寒风，就像寒风中紧紧依偎的绵羊一样。漫天飞舞的大雪纷纷落下，从空中鸟瞰，若不是熙熙攘攘的人群在慢慢移动，看上去就像一堆大雪覆盖的货物。雪花落在他们的头顶上，落在肩膀上，有些地方的雪厚达一英寸，看起来还有点壮观。雪花纷纷落下，但没有人去理会，就像落在没有知觉的草地上。他们的鞋子湿透了，双脚冻僵了。他们慢慢地、轻轻地、有节奏地踱来踱去暖和暖和身子。寒风吹着人们，像刀割一样，人们不由得缩着脖子低下头，躲到旁人的肩膀下。

人们不断地悄声抱怨着，讨论着大门什么时候能一下子打开，还不时地抬起头看看收容所的窗户。有人为此还小声争执起来：

"台阶上有灯亮了！"

"哪有，那是街对面反过来的光。"

"我又不是瞎子，我看到他们开灯了！"

"你真看到了？"

"那当然！"

"好吧，就当你看到了！"

可以进屋的时间越来越近了，大家一下子涌到门前，骨头都快要挤碎了。门前人山人海，恰有排山倒海之势。这时，攒动的人群上方传来一个声音：

"门打不开啦！大家都堵在那儿了！"

这时，人群外围突然传来一声低沉愤怒的吼叫，大家置之不理，仍然进进退退，互相推挤着。尽管人们嚷着"不要挤了，不要挤了"，但除了拥挤，除了挤得粉身碎骨之外，他们还是互相拥挤着。

"喂！大家离门远点儿！"

"快让一让！"

"叫那些人快滚开！"

"不滚开，打死他们！"

"嘿！他妈的怎么回事啊？大家这么挤着，门怎么打开！"

"真他妈蠢猪！快点儿让开，好让他们开门！"

外围的人们还在疯狂地往前推着、挤着。突然，一个穿跟靴的人重重地踩到了一个人冻僵的脚上，一声怒吼瞬时传开：

"你踩到我脚了！你看着点儿！笨手笨脚的干嘛呢！"

"嘿！别踩我脚！你踩我脚啦！"

门边的一个人忽然喊道："来来来！让我出去！让我出去！"。另一个人则显得有点强悍，他扭过头，侧着脸对着身后拥挤的人群喊道："别挤了！你们！"。然后，他又像连珠炮似的冲着身后的人们大骂了起来，仿佛三键铜管乐器发出的声音。他的脸被气得通红，俨然一副豁出去的样子。天实在是太冷了，听着他的漫骂，没有人顾得上去理会。大家继续你推我我推你，不断向前挤，其中还有不少人甚至觉得他有点可笑，不禁低声偷笑起来。

在一阵阵推挤中，人们还能得出空儿来讲点笑话，但大多都是关于这残酷的现实，其中还不乏讽刺意味，只是他们讲得有点粗俗罢了。不管怎么说，这也算不错了——一群流浪人，穿着冰冷的衣服，挤在凛冽的风雪中无尽地等待着收容所的大门打开，就这样还能有这点幽默感已经很不容易了。

夜幕渐渐沉下来，呼啸的寒风越刮越猛了。一阵阵风雪凶猛地打在团团簇拥的人群上，犹如针刺一样，仿佛刀割一般。打着寒颤的人们挤得更紧了，他们还不禁发起誓来。他们的发誓倒不像暗中发誓的刺客，而是多少带点美式风格，那么冷酷无情，那么不顾一切。事实也确实如此。不过，他们的发誓还有点儿奇妙的效果，让人觉得有点儿难以捉摸，还有点儿神秘莫测。在这个风雪交加的夜晚，他们的誓言竟为其悲惨遭遇增添了一丝幽默感。

这时，对面街上绸缎布行的大玻璃窗上呈现出的一幅景象，使他们暂时忘却了这冰天雪地的世界。明亮的灯光下，大玻璃窗上映出一个男人的身影。他着装整齐，体态丰满，蓄着英国王子式的络腮胡须，若有所思地站在那儿。他低着头，看着漫天风雪中的人群，一只手还慢慢地、高雅地捻着嘴唇上方的小胡子。从街头这边望去，他看上去似乎有点沾沾自喜，因为屋内屋外完全两重天，他觉得自己的处境还是好多了。

这时，人群中有人扭了扭头，恰好注意到了窗户上的人影。他欣喜若狂地说："嘿！大家快看啊，有一个络腮男！"

大家纷纷转头看去，不禁大声呼喊起来。他们用各种奇怪的语调喊他，用不同的称呼叫他。有的热情满满，习惯性地跟他打招呼；有的小心措辞，谨慎地劝他换换自己的打扮。听到喊声，那个人影瞬时就消失了。街上的人们则像刚刚饱餐一顿的食人魔一样，咯咯地笑起来，让人感觉非常残忍。

不久，他们又言归正传，忙于正事。收容所门边的人仍然无动于衷，于是他们又七嘴八舌地不断喊起来：

"嘿！看在老天爷的份上，快让我们进去！"

"快让我们进去！要被冻死啦！"

"把我们这些苦命的人关在外面这么冻着，有什么用！"

还有一些人一直喊着"别踩我脚"。

最后，整个人群都沸腾了，他们疯狂地向前推挤着。猛烈的寒风让人再也受不了了，有些竟然动起手来。无情的风雪依然在咆哮，将收容所门前的战斗推向了高潮。据说唯一能打开的门就是那段台阶下的地下室门，于是，大家个个像一介匹夫，涌向门前，不时还发出"呼哧呼哧"的急促声和狠狠的发力声。

前面的人不时地向后面的人高声呼喊："嘿！大家别挤了，好吗？再挤就死人了！"

这时，一个警察闻声赶来。他挤进人群，厉声训斥，一顿痛骂，偶尔还加以威胁，但他手里并没有拿着家伙，最多只是用手或肩提醒那些奋力推挤的人。突然，他怒声呵斥道："别挤了，后边的！大家停一停，别挤了！嘿！这边，说你呢！别推了，别挤了！"

在一片混乱中，地下室的门终于开了，大家争先恐后地涌下台阶，犹如一股湍急的河水冲开了闸门。台阶太窄了，看起来也就只容得下一人通过，但他们捱三顶五地拥挤着，几乎三个人一齐被挤下去了。这个过程着实艰辛而痛苦。整个人群仿佛一股奔腾的河水奋力冲破一个小小的出口。后面的人们看到有人挤进去了，于是更加兴奋，挤得更加疯狂，生怕收容所里盛不下这么多人而被拒之门外。大家都明白，如果挤不进去的话，那就惨了。大家不顾风雪的肆虐，竭尽全力地向下推挤，哪怕最后被挤个粉身碎骨。有人可能会想，这么多人蜂拥而至，通往地下室的台阶又那么窄，人们肯定挤得无法动弹了。事实也确实如此，因为当时就有人喊台阶下有人受伤了，人们不得不停止推挤。不过这时，人群又开始慢慢蠕动了，站在台阶上方的警察开始劝阻后面涌过来的人们。

一些人挤进了屋，最后一部分人也依次挤到了最后三层台阶。这时，收容所的窗户里透出了泛红的灯光，暖暖地照在他们的脸上。他们终于站在了希望的门槛上，脸上顿时露出一丝知足的神情。眼中的怒火瞬间不见了，嘴上的怒骂也立刻消失了。后面拥挤的人群当初是那么地令人懊恼，不过现在转念一想，正是他们的拼命推挤才使人们都能挤进这扇狭窄的门，才能进入这个明亮而又温暖的地方。

人行道上依然人头攒动，但只是三三两两地走着。肆虐的寒风从他们身边呼啸而过，将人行道上的大雪吹得纷纷扬扬。他们紧紧地依偎着，耷拉着脑袋走进了收容所，告别了暴风雪。

伤 痕

［日］小林多喜二

商 倩 译

"红色救援会"决定以小组为单位，直接在各个地区的工厂中扎根，在群众基础上发展壮大。
　　××地区的××小组，每次开会都要新进一两个组员，每当新组员加入时都要做个简单的自我介绍。有一次，小组新加入了一个四十岁左右的妇女。小组负责人给大家介绍说："这位是中山的母亲。中山同志这次最终还是被关到市谷监狱里去了。"
　　中山的母亲显得有些局促不安，接下来她讲了自己的故事。
　　"闺女进了监狱以后，我才冒冒失失地跑到救援会里来，就跟别有用心似的，总觉得有点儿不好意思……"
　　"闺女只要两三个月不回家，管区的警察局就会打来电话，叫我到哪个地方的警察局去把她领回来。我每次都大吃一惊，几乎是哭着跑过去的。他们把她从下边的拘留所里带上来，她的脸又苍白又脏，不知在里头呆了多少天了，浑身发出一股难闻的味儿。闺女说，她是因为当什么联络员被他们抓去的。
　　"可是她在家里就呆了十来天，突然又没有影儿了。过了两三个月，警察局又来叫我——这回是另一个警察局。我到那儿一个劲儿地鞠躬道歉，说都怨我这个做娘的对孩子管教不严，又认错又赔不是，才把她又领了回来。大概就是这一次吧，闺女跟我说警察嘲笑她说：

'你还当什么联络员吗?'这使她很气恼。我说这有什么好生气的,只要你能早出来就比什么都强。

"闺女回到家里,给我讲了许多她们做的事情。她说:'娘,您根本用不着给警察鞠那么多躬。'闺女无论如何都不肯放弃搞运动,我也只好由着她了。没多久她又跟以前一样,连个影儿也不见了。这回却半年多没有消息,这样一来,我反而像傻子似的,天天眼巴巴地盼望着警察局来通知我。(笑声)

"特务经常到我家来,我每次都把他们让到屋里,端茶倒水,想着法儿打听闺女的消息,可是一点也没有打听出来。这样大概过了八个月,闺女忽然间又回来了,也不知道怎么回事,她脸上的表情好像比从前更严肃了。想到这期间闺女遭的罪,我的心好像被什么堵住了似的,不过我还是和她有说有笑的。

"那天晚上我们娘儿俩一块儿上澡堂去,我们有很长时间没一块儿去了,差不多得有一年了吧。闺女很难得地说:'娘,我给您搓搓背吧!'我听了这话,高兴地把过去的苦恼忘得一干二净。

"可是,当进到池子里,一眼看到闺女的身子时,我一下子就呆住了,只觉得全身的血液都涌了上来。闺女看到我的样子也吓了一跳,向我说:'娘,您怎么啦?'我说:'什么怎么的不怎么的,唉呀呀,唉呀呀,你这身上是怎么一回事啊!'说着说着,当着别人的面我就小声地哭了起来。闺女浑身上下都是青一块紫一块的啊!

"'噢,您说这个呀,'闺女毫不在意地说,'是被拷打的呗!'

"接着她笑着说:'娘,您要是知道我被毒打成这个样子,就会明白,说什么也不应该给那些家伙喝一杯茶的!'这句话闺女虽然是笑着说的,可是它狠狠地震动了我的心,真比讲一百遍大道理还要强啊!

"闺女第二天又不见了,这回可真的被关进监狱了。闺女身上的伤痕,直到现在我也忘不了啊!"

中山的母亲说到这里,使劲地咬住了嘴唇。

一九三一年十一月十四日